Houssam Hamade — Sich Prügeln-18 Geschichten aus dem Leben.

Fuck you an alle, die mich mit ihren
Unkenrufen heruntergezogen haben.
Meine Liebe geht an Joanna, Goldmann,
Sophie, Tim, Lucy, Chrischan, Nora,
Johannes, Paul, Viola, Timo, Eric, Tobi,
Max, Christine, Sami und Hannah.
Ich danke den Erzählenden für ihre
Offenheit.

Einleitung

In diesem Buch geht es um einen bestimmten Moment. Der Moment, in dem es „Klick" macht: In dem wir uns entscheiden, zuzuschlagen. Es ist gar nicht lange her, dass ich selbst diesen Moment erlebt habe. Wir feierten lange und rauschend bei mir zu Hause meinen Geburtstag. Gegen Ende der Feier waren nur noch wenige übrig. Einer war darunter, den ich nicht kannte. Ich erwischte ihn dabei, wie er eine Flasche Rum mitnehmen wollte, die ich geschenkt bekommen hatte.

Als ich ihn fragte, was das solle, witzelte er nur herum. Er hüpfte wie ein Kind auf und ab und erklärte, dass das nun seine Flasche wäre, und er würde sie mitnehmen, das sei ihm doch egal, wem die gehöre. Ich wurde wütend. Schließlich war das mein Zuhause und mein Geburtstagsgeschenk. Also packte ich ihn am Arm, um mir die Flasche zu nehmen. Lachend zerschmiss er den schönen Rum auf den Dielen meines Wohnzimmers.

Und da machte es ganz sanft und eindeutig „Klick". In einem Halbkreis schlug ich ihm meinen Handballen gegen den Kopf. Nicht so hart, dass ich ihn hätte verletzen können, aber so hart, dass er kurz zu Boden ging. Schimpfend und gar nicht mehr lachend rappelte er sich wieder auf. Ich packte ihn an beiden Armen und schob ihn, der wie ein Fliesenleger tobte, bis vor die Haustür. Ein schlechtes Gewissen hatte ich nicht. Der Moment, in dem ich ihn schlug, war ein schöner Moment: kristallklar. Die Zeit kam fast zum Stehen. Ich fühlte mich stark und eins mit mir.

Im Nachhinein kamen mir aber Zweifel. Vielleicht hätte man das Ganze auch mit Reden regeln können. So bin ich erzogen worden. Gewalt ist etwas für Dumme. Kluge reden lieber. Aber die Zweifel legten sich schnell. Ich finde nämlich, dass er den Schlag verdient hat. Durch diesen inneren Streit müssen die meisten von uns durch: Wir sehen, dass Prügeleien schlimm ausgehen können. Und wenn es schlimm ausgeht, stellen wir meistens danach fest, dass es die Sache nicht wert war.

Wer nicht ganz doof ist, weiß auch, dass sich viele Konflikte durch Kommunikation besser oder überhaupt lösen lassen. Dennoch sind viele der Meinung, dass mancher „Prügel verdient" hat, und riskieren ihre Haut dafür.

In diesem Buch schildern 18 Erzählende ihre „Klick-Momente" und wie es zu diesen gekommen ist. Es geht mir dabei nicht darum, Gewalt schönzureden. Die Spirale der Gewalt gibt es und sie ist dumm und hässlich. Aber genauso dumm und hässlich ist es, Leuten, die nach unten treten, nichts entgegen zu setzen. Ich finde es mitunter recht bewundernswert, wenn Menschen ihre Würde und ihren Raum verteidigen, obwohl das doch gefährlich ist. In diesem Moment leuchtet vielleicht neben dem Schlechtesten in uns Menschen, dem nach unten Treten, auch etwas vom Besten auf. Denn wenn Gewalt sich eigentlich nicht lohnt und wir uns trotzdem wehren, deutet das darauf hin, dass es uns hier um etwas Wertvolles geht, etwas, das uns in diesem extremen Moment wichtiger ist als unsere Gesundheit.

Möglicherweise sehe ich das auch falsch. Ich bin nicht ganz sicher. Darum möchte ich das offen lassen, und die Erzähler selbst sprechen lassen. Um die Logik dieser Extremsituation besser verstehbar zu machen, beschreibe ich zwischen jeder Erzählung eine „Technik des Prügelns". Diese befinden sich sowohl auf körperlicher wie auf mentaler Ebene. Letztere ist in meinen Augen die wichtigere. Dabei fließen meine eigenen Erfahrungen ein: Erfahrungen auf der Straße, im Amateur-Boxring, als Sozialwissenschaftler, und als Türsteher.

Das Buch ist der erste Teil meiner Reihe „Geschichten aus dem Leben", in der Menschen ihre Erfahrungen aus moralischen und emotionalen Grenzsituationen schildern.

Arkadi (35)

Hast du Feuer, du Schwanz?

Wir sind nach der Bandprobe noch etwas trinken gegangen. Nicht viel, nur ein, zwei Bier. Ziemlich schwer bepackt mit unseren Instrumenten sind wir danach in den U-Bahnhof Gneisenaustraße hinunter gestapft. Es lag schon etwas Schnee und wir mussten aufpassen, dass wir nicht auf den Treppen ausrutschen. Im Bahnhof kamen wir an einer Gruppe vorbei, die auf einer Bank herumfläzte. Die beiden jungen Männer und die Frau hatten ihre Baseballcaps in verschiedenen Winkeln aufgesetzt. Trotz der Kälte trugen sie ihre dicken Jacken offen und betont lässig. Der eine sprach mich an: „Ey, hast du Feuer, du Schwanz?". Er lag fast auf der Bank, reckte dabei das Kinn hoch, drehte den Kopf leicht schräg und hatte die Augen aufgerissen, wie manche es tun, um einzuschüchtern. Ich hatte keine Lust, mich beleidigen zu lassen, außerdem beeindruckte mich der Wicht überhaupt nicht. Ich schätzte ihn als deutlich kleiner als mich ein. Und er war nicht allzu breit. Ich antwortete: „Nee, du Schwanz!", und wollte weitergehen. Eigentlich hätten wir ja quitt sein sollen, aber der Typ flippte aus, sprang auf (sein Kopf reichte mir tatsächlich nur bis zur Brust) und rief ein paarmal: „Wie hast du mich genannt?". Dabei hob er das Kinn, starrte mich an und kam immer näher. Er suchte Stress und hat sich wohl den Größten aus unserer Gruppe herausgesucht. Unsere beiden Bandkolleginnen konnte er ja schlecht zum Zweikampf fordern und unser Sänger ist kleiner als ich. Die Worte „Schwanz", „Pfeife", „Opfer" und „Hurensohn" wurden eine Weile lang ausgetauscht, bis ich dann wohl irgendetwas gesagt habe, was besonders schlimm war. Ich weiß aber selbst nicht recht, was.

Sein Kumpel sprang auf, und begann aufgeregt um uns herumzuhüpfen. Dabei rief er mir mit hoher Stimme immer wieder zu: „Jetzt hast du einen Fehler gemacht! JETZT hast du einen Fehler gemacht!" Das hat die Szene deutlich stressiger gemacht. Ich merkte in diesem Moment auch, dass die auf irgendetwas drauf waren, Koks oder Speed. Die Frau saß nur nach vorne gebeugt da und glotzte uns an. Schiss bekam ich, als mein „Gegner" begann, sich die Jacke auszuziehen. Ich dachte, wenn da jetzt ein Messer aufblitzt, müssen wir rennen. Was schwierig gewesen wäre, zu viert und mit den ganzen Instrumenten. Die Jacke warf er mit großer Geste auf das U-Bahngleis. Der damit verbundene Pathos, die Breitbeinigkeit, das gereckte Kinn, der in die Weite gerichtete Blick, brachte unsere Bassistin dazu, mit dem Kichern anzufangen.

Das störte ihn aber scheinbar nicht, und er begann sich auszuziehen. Und das bei der Kälte. Mehrere Lagen: Ein Pulli, ein Hemd, das er erst aufknöpfen musste, einen Longsleeve. Sein aufgeregter Kumpel sammelte die Sachen derweil auf. Die Freundin glotzte weiter. Es fühlte sich an, als würde das Ganze eine Ewigkeit dauern. Unsere Bassistin rief ihm dann zu, ob das nicht ein wenig schneller gehen würde. Wir brachen in Gelächter aus. Und dann stand er mit nacktem Oberkörper da. Zum Brüllen, aber auch ein bisschen crazy. Er starrte mich noch einen Moment an. Ruhe. Und dann merkte er aber doch, wie kalt es war. Er nahm seinem Kumpel einzeln die Kleidungsstücke wieder ab und zog sich an. Das brauchte seine Zeit, weil er inzwischen zu zittern begonnen hatte, und Hemdknöpfe lassen sich mit zitternden Händen nur schlecht zuknöpfen. Dabei rief er mir geschäftig Beleidigungen zu (starren konnte er ja gerade nicht). Wir fanden das in diesem Moment nur sehr witzig. Als endlich die Bahn einfuhr, war ich trotzdem ziemlich erleichtert und wollte schnell einsteigen. Aber er bellte mich an, ich solle da bleiben. Ich befürchtete, dass er mitkommen wollte. Das wäre stressig geworden, auf so engem Raum mit diesem Idioten. Aber er stieg glücklicherweise nicht mit ein, sondern stand nur in der Tür, und glotzte mich an. Selbst als die Tür zuging bewegte er sich keinen Millimeter. Wir konnten sehen, wie die Scheibe der Tür an seiner Nase entlang rieb. Er blieb ungerührt. Es war auf irgendeine Art sogar ein bisschen beeindruckend, wie er keinerlei Regung zeigte. Wie in einem Theaterstück. Als die Bahn wegfuhr, starrte er uns nach. Ich frage mich ja immer noch, ob er das Gefühl hatte, gewonnen zu haben. Als ich eine Woche später zur Bandprobe an der Gneisenaustraße ausstieg, lag seine Jacke immer noch im Gleisbett.

Die Hasspumpe

Es ist eins der lächerlichsten Bilder, die wir von Prügeleien kennen. Zwei stehen voreinander, wippen mit dem Oberkörper vor und zurück, recken das Kinn vor und rufen sich gegenseitig „Sätze" zu wie: „Was willst du, Hä? Hä? Was willst du?" Von außen sieht das lächerlich aus. So wie auch Sex von außen lächerlich aussehen kann. So doof ist das aber gar nicht. Mit der Hasspumpe steigern die Kontrahenten sich körperlich in die Stimmung des sich Prügelns, des Überrollens ein. Bemerkst du, dass jemand gerade die Hasspumpe macht, wird es Zeit zu handeln. Entweder rufst du Hilfe, schaffst es, die Situation zu beruhigen, schüchterst ihn ein, schlägst vorher zu oder rennst weg. Merke: Schnelles Rennen ist die beste Selbstverteidigung.

Joanna (31)

Ich hab die Engel singen hören

Das war mit meinem damaligen Freund. Ich war 23, wir führten eine lange Fernbeziehung, und ich war gerade zu Besuch bei ihm in den polnischen Bergen. Über lange Zeit hatte sich eine furchtbare Frustration angestaut. Wir konnten kaum noch miteinander reden. Abends waren wir bei ihm zu Hause. Angefangen hatte es mit Gemeinheiten, die wir uns zugezischt haben. Darin waren wir ganz schön gut. Wobei ich, ehrlich gesagt, dieses Mal angefangen habe. Ich hatte mich über seine unaufgeräumte Wohnung lustig gemacht und wurde dann immer gemeiner. Richtig unter die Gürtellinie, er beleidigte zurück. Ich schlug als erste zu. Ich wollte mich prügeln. Diese Sprachlosigkeit hat mich fertiggemacht. Ich wollte, dass endlich die Bombe hochgeht. Mit der Faust habe ich ihm gegen den Kopf gehauen. Er schlug sofort zurück, mit der flachen Hand.

Und dann ging es los. Wir schlugen und kratzten und schubsten uns. Ein paarmal drückte er mich runter, ich glaube, um Ruhe reinzubringen. Die Schläge waren hart, und trotzdem waren wir nicht darauf aus, uns körperlich zu verletzen. Es war mehr eine Art Kommunikation, und zwar eine ganz schön intensive. Ich stand in Flammen vor Wut. Einmal, als wir Nase an Nase voreinander standen und uns anschrien, versetzte er mir einen Kopfstoß. Das hat richtig gedonnert. Ich hab die Engel singen hören.

Er merkte in dem Moment, dass das zu viel war, flüsterte eine Entschuldigung und zog sich zurück. Ich konnte das aber nicht auf mir sitzen lassen und prügelte wieder auf ihn ein. Wir warfen Gegenstände herum. Stühle, Teller, er warf einen Tisch um, ich einen Aschenbecher nach ihm, traf ihn damit am Hinterkopf. Das war richtig gefährlich. Mir hat das dann auch gleich leidgetan. Aber ihn regte das natürlich furchtbar auf. Ein paarmal brüllte ich ganz laut und kehlig wie ein Tier, das bedrängt wird. Dazwischen hatten wir ganz kurze Momente in denen wir miteinander sprachen, als würden wir das Ganze nur beobachten. Einmal meinte er im anerkennenden Ton, dass ich mich ja ganz schön behaupten könnte. Das war so absurd, dass ich lachen musste.

Und dann ging es gleich wieder weiter mit dem Schreien und Schlagen und Treten. Das Ganze ging nicht nur gefühlt ewig. Fast eine Stunde. Aufgehört hat dann er, indem er sich plötzlich auf das Bett gelegt hat, in Fötushaltung, mit dem Rücken zu mir. Damit war das Ganze auch für mich beendet. Ich packte sofort meine Sachen. Bevor ich ging, habe ich mit seinem Handy noch ein Foto von meinem Gesicht gemacht. Ich wollte, dass er sich an meinen Anblick erinnert. Ich sah darauf stolz aus, mit meinem blutenden Gesicht: Das Kinn ganz hoch, die Lippen zusammengepresst. Ich trampte dann ins nächste Dorf zum Haus meiner Tante. Ein LKW-Fahrer nahm mich mit. Er hat nichts gefragt, worüber ich echt froh war. Wenn ich daran zurückdenke, macht mich das traurig. Am meisten wegen der geendeten Beziehung. Wir haben uns so intensiv geliebt, aber genau so intensiv waren auch die Konflikte. Ich bereue den Kampf aber nicht. Wir konnten einander damit zeigen, wie wir uns fühlten. Es wurde greifbar, wie wütend und verletzt wir waren. Ein Teil von mir schämt sich dafür, dass es soweit kommen musste. Aber letztendlich bin ich ganz froh, dass es genauso war. Es hört sich komisch an, aber es war endlich eine ehrliche Kommunikation. Und ich weiß heute, wie viel ich aushalten kann. Aber auch, dass es höchste Zeit war zu gehen.

Der Dänemann

Der Dänemann ist eine recht spektakuläre Technik des Prügelns. Der Teil des Kopfes, kurz bevor bei den meisten Menschen der Haaransatz beginnt, wird tief in die Nase des Gegners gerammt. Wenn der Dänemann richtig trifft, ist er sehr wirkungsvoll, die Augen tränen, man ist für einen Moment perplex und darum offen für weitere Angriffe. Gerade bei einem Streit, der Nase an Nase geführt wird, solltest du dich vor dem Dänemann in Acht nehmen. Der Dänemann hat viele Namen: Tuc Bull, Glasgow Kiss, Schwedenkuss, Kopfstoß. Besonders schlaue Gegner spucken dir vorher ins Gesicht, weil du dann die Augen für einen Moment schließt und dadurch angreifbarer bist.

Mike (28)

Dann hauen sie einfach ab

Ich bin in Lichterfelde (Berlin) in einer ziemlich harten Gegend aufgewachsen. Da wohnen viele sozial Schwache. Zumindest damals gab es Straßen, da ist man nicht hingegangen, weil man abgezogen wurde. Das war gefährlich. Richtig krasse Leute gab es da. Eine libanesische Familie beispielsweise, die Ahmeds, die waren echt psycho. Der eine, Ali hieß der, der hatte einen Haufen Waffen: Schlagringe, Knüppel, Messer, Äxte. Aber der war auf meiner Seite, das war ganz gut. Wenn es Ärger gab, konnte ich sagen, dass ich den kenne, das hat meistens geholfen. Die hatten dann meistens Schiss. Allerdings war das auch keine richtige Freundschaft. Der hat manchmal wirklich komisches Zeug gemacht. Einmal hat er einfach, ohne dass was war, gesagt: „Alter, wenn du mich anlügst, weißt du, was ich dann mache? Dann hole ich meine Axt!", und hat komisch gegrinst. Und die Axt hat er mir dann auch gezeigt, so ne scharfe, mit Metallstiel und einem spitzen Ende. Ich meinte, dass ich dann rennen würde, und er: „Dann würde ich dir meine Axt in den Rücken werfen!". Der war echt verrückt.

Aber so ne richtige Wahl hatte ich auch nicht, ob ich mit ihm rumhänge oder nicht. Der hat sich einfach die Leute ausgesucht, mit denen er was machen wollte. Lieber war ich da auf seiner Seite und hab ihn halt machen lassen.

In dieser Zeit, als Jugendliche, haben wir mit dem Sprayen angefangen. Das haben damals viele gemacht. Den meisten gings da aber gar nicht um die Kunst. Das waren eher Gangs. Manche total aggressiv, hatten Skimasken an beim Sprayen und auch Waffen dabei. Eine Gruppe hieß „TMR", die hatten so viele Mitglieder! Die sind einfach rausgegangen und haben alles mit ihren Bildern zugebombt. Das sah alles hässlich aus. Wir haben auch anfangs nichts gekonnt, sind aber mit der Zeit immer besser geworden. Das hat krass Spaß gemacht, aber es war schon auch gefährlich. Man musste aufpassen, dass man die anderen nicht crosste, also deren Bilder übermalte. Wir waren irgendwann mit einer anderen Crew befreundet. Einige davon waren ziemlich aggressiv, es hat aber auch Spaß gemacht mit denen. Einmal sind wir als große Gruppe, 20-30 Prolls und Yallas, in den S-Bahnwagen und haben alles vollgebombt mit Bildern. Die Leute, die drinsaßen, haben nur auf den Boden geguckt. Was sollten die auch machen? Das hat sich schon krass angefühlt. Stark! Und wir hatten überhaupt keine Angst. Auch nicht vor den Bullen. Wir waren ja so viele. Einer hat mir gezeigt, wie man ne S-Bahn-Scheibe „pockt". Er hat sich an der Stange hochgezogen und dann mit beiden Beinen mit einem Tritt die Scheibe herausgetreten. Die ist vollständig herausgeflogen. Dann sind ein paar von den anderen raus geklettert und sind gesurft, also auf dem Dach der S-Bahn mitgefahren.

So war die Sprayerszene. Einmal waren wir als Gruppe, alles Sprayer, in Kreuzberg, um das Kottbusser Tor herum, unterwegs. Wir waren 20 Leute oder so, und wir saßen in einer Bar. Mein bester Kumpel Ben ist dann zum Pinkeln rausgegangen und hat vier Leute gesehen, die eine Wand zugebombt haben. Die schrieben ganz groß „RIP MAXIM". Maxim war ne Sprayerlegende, der im Supermarkt von nem Obdachlosen abgestochen wurde. Direkt ins Herz gestochen. Und Ben ist zu denen hin und wollte seinen Respekt zeigen, dass das Bild cool sei. Aber die waren so aggressiv und haben gedacht, dass er sie anmachen wollte. Die sind gleich auf ihn zugegangen und meinten, er solle sich ganz schnell verpissen. Einer von uns, Jacques, ein ziemlich großer Typ, ein Franzose, der hat das gesehen, ist gleich raus und hat die Typen gefragt, was los ist. Die Typen hatten Mo dabei, der war ne Kiezlegende. Klein und stämmig war der, ein Boxer, glaube ich. Und der hat ihm nur eine superharte Gerade gegeben. Ich habe das durch das Fenster der Bar gesehen. Mein Kumpel hing einen Moment waagerecht in der Luft und knallte dann gegen die

Absperrung. So was hatte ich noch nie gesehen. Dann hat er auf Ben gezeigt, der die zuerst angesprochen hatte, und sagte seinen Leuten (die waren so was wie seine Dobermänner, kräftig und aggressiv): „Macht den tot!". Der eine hat Ben gleich ohne zu zögern voll ins Gesicht getreten. Die haben den Befehl ziemlich ernst genommen. Wir sind dann natürlich raus. An sich waren wir ja 20, das wäre sicher gegangen, die waren ja nur zu viert. Aber die meisten von uns sind abgehauen. Da habe ich auch gemerkt, wer die richtigen Freunde sind. Dieser Mo hat Ben am T-Shirt gepackt und wollte gerade zuschlagen. Ich bin auf ihn zugerannt und habe ihn hart weggetreten. Im gleichen Moment dachte ich, „Scheiße, was hast du getan?". Ausgerechnet den hatte ich mir ausgesucht. Jacques, der Lange, hatte sich inzwischen aufgerappelt und einem von den Dobermänner-Typen eine reingehauen. Dann sind die aber zu zweit hinter ihm her, und ich erinnere mich noch, wie ich ihn hinter einem Auto herauskommen gesehen habe. Dabei rief er, „Helft mir", mir kam das aber alles vor wie in Zeitlupe: „Heeeelft miiiiir!". Die waren uns vollkommen überlegen. Wir konnten dann aber abhauen. Ich bin weggesprintet, hatte total Schiss. Ein paar Straßen weiter habe ich dann so nen Araber getroffen, der war supercool, der hat sich ein bisschen um mich gekümmert. Ich war ja völlig durcheinander und wusste nicht, was ich machen sollte. Wo die anderen waren, wusste ich auch nicht. Ich hatte nur gesehen, dass die auch weggerannt sind. Später habe ich mitbekommen, dass keinem was passiert ist. Jedenfalls ist dieser Araber mit mir in nen Dönerladen, wo ich mich versteckt habe. Der ist später zu der Stelle hingegangen, um zu gucken, was da los ist. Als er wiedergekommen ist, hat er erzählt, da würde irgendein Typ mit ner Eisenstange herumrennen und brüllen, wo der Wichser sei, der ihn getreten habe. Mit der Eisenstange hätte der mich totgeprügelt, der hatte ja überhaupt keine Hemmungen. Ich bin dann weg und ne ganze Weile nicht mehr in die Gegend gekommen. Aber richtig übel fand ich, wie die anderen reagiert haben, die abgehauen sind. Das hat mich richtig aufgeregt: Machen immer einen auf Gangster, voll die krassen Typen, aber dann hauen sie einfach ab, wenn etwas passiert. Das war auch ein Grund, warum ich dann aus der Sprayerszene raus bin. Zum einen dieses krass aggressive, und dann hält man noch nicht einmal zusammen, wenn es darauf ankommt. Eigentlich soll ja das Sprayen was sein, das gegen das System ist, gemeinsam. Aber so konnte ich das nicht mehr ernst nehmen. Und zu gefährlich war es mir eben auch.

Der Mob

Angreifer, die Opfer und keine Gegner wollen, greifen
gerne als Gruppe an. Der Angriff durch einen Mob ist
besonders gefährlich, weil solche Leute es lieben, auf
Wehrlose einzuschlagen, die sogar schon am Boden
liegen. Solche Gruppen solltest du darum unbedingt
meiden. Wenn du schon drin bist, ist das Problem
vor allem die fehlende Übersicht: Mehrere Angreifer
können dich umkreisen und von hinten angreifen.
Und jeder gelungene Angriff macht dich verletzlich
für weitere Attacken. Idealerweise findest du einen
Weg heraus. Wenn du sehr schnell bist, kannst du
wegrennen, ansonsten wird sich bei mehreren
Angreifern wohl einer finden, der schneller ist als du.
Am besten ist es, du holst Hilfe, indem du andere
direkt ansprichst, die wiederum die Polizei rufen.
Mobattacken sind verabscheuungswürdig. Oft sind
aber auch Einzelne in der Gruppe, die mit dem
Angriff nicht einverstanden sind. Es kann helfen, sie
anzusprechen. Wenn das alles nicht möglich ist, hilft
es nur, sich den Anführer oder den Stärksten heraus-
zusuchen und ihn mit aller Gewalt zu attackieren.
Hier gibt es kein zurück, es geht um deine Gesundheit. Leute, die in Mobs angreifen, sind meistens feige

und bekommen Angst, wenn sich jemand aggressiv wehrt. Es ist außerdem gar nicht so einfach, zu mehreren an eine Person heranzukommen. Wenn du kannst, stell dich so, dass die Angreifer sich gegenseitig im Weg stehen.

Steve (37)

Eine Ohrfeige hätte auch gereicht

Wir waren samstags auf einer Hausparty. Da hab ich
noch in Schöneberg gewohnt. Wir haben total viel
gesoffen und draußen fing es schon an zu dämmern.
Mir ist ein Typ tierisch auf den Sack gegangen. Der
war auch besoffen und hat mich den ganzen Abend
über getriezt. Ich weiß nicht, warum. Ist immer
wieder gekommen und hat mich mit Kronkorken
beworfen und mir die Mütze geklaut, Witze über mich
gemacht und so nen Scheiß. Mir ist irgendwann der
Kragen geplatzt. Ich wurde laut und hab dem Kollegen
gesagt, dass er mich mal in Ruhe lassen soll, weil es
sonst heftig knallt. Der hat nur gegrinst und mir mit
dem Finger ein paarmal gegen die Mütze geschnippt.
Ich habe ihm mit Anlauf ordentlich in die Schnauze
gehauen. Das hat gesessen. Der ist umgefallen wie ein
Sack Mehl, riss noch Flaschen und Teller vom Tisch.
Dann lag er ganz still da. Ich hab mich furchtbar erschrocken. Ich dachte: „Du hast ihn umgebracht." Die
anderen Gäste waren auch ganz aufgeregt und haben
an ihm rumgefummelt. Ich bin sofort zur Tür raus
und runter auf die Straße. Wohin ich wollte, wusste

ich auch nicht. Ich hab nur immer wieder das Gleiche gedacht, wie ne gesprungene Platte: „Alter, du hast ihn gekillt! Der ist jetzt tot!". Mir wurde aber ziemlich schnell klar, dass ich zurück musste. Erstens kriegen die dich sowieso, zweitens kannst du damit nicht leben. Ich musste außerdem unbedingt wissen, was passiert ist. Als ich zurück zum Haus kam, standen schon die Bullen vor dem Haus. Es stimmte also! Schlagartig war ich nüchtern. Mein Magen ganz flau. Mir ging es gar nicht gut. Ich hatte jemanden umgebracht. Ich bin dann zu den Bullen und hab denen gesagt: „Ich bin der, den ihr sucht. Wegen mir seid ihr da." Der Bulle guckte nur streng und sagte, dass ich dann mal mit hochkommen soll. Ich bin mitgegangen. Sah mich schon auf dem Weg in den Knast. Die Bullen klingelten. Die Tür ging auf, und da saß der Typ auf nem Stuhl. Zwei Leute standen dabei und wischten ihm das Blut ab. Der war nicht tot, sondern nur ausgeknockt. Gott war ich froh. Die Bullen erzählten was von Ruhestörung, und interessierten sich nicht für mich. Ich machte gleich, dass ich davonkam. Wenn das Leben ein Cartoon wäre, wäre ich auf Zehenspitzen, pfeifend und mit den Händen in den Hosentaschen raus geschlichen.

Ich hab so nen Schiss gehabt! Der Typ hatte auf jeden Fall Prügel verdient, aber gleich K.O. schlagen wollte ich ihn auch nicht. Und töten sowieso nicht. Eine Ohrfeige hätte wohl auch gereicht.

Der Psycho

Der Wunsch, unversehrt zu bleiben, macht uns berechenbar. „Der Psycho" dagegen ist unberechenbar. Niemand weiß, wie weit er gehen würde und welche Kräfte er entwickelt. Möglicherweise spürt er keinen Schmerz oder er dreht so durch, dass es selbst für mehrere kaum möglich ist, ihn zu kontrollieren. Solche Leute, die auf der Straße „Psychos" genannt werden, gibt es. In der Regel ist „der Psycho" aber eine Technik der Einschüchterung. Auch Unerfahrene können „Psycho" spielen. Denn das Zeigen von Angst schränkt seine Bedrohlichkeit nicht ein. Er kann halb wahnsinnig wirken vor Angst, und gerade das macht ihn so bedrohlich. Auch erfahrene Schläger finden keine Schande darin, vor einem Psycho zurückzuweichen. Der Psycho verhält sich verrückt, vielleicht schreit er, oder er weint und reißt dabei die Augen weit auf, oder er redet unzusammenhängendes Zeug, vielleicht zeigt er seine Zähne wie ein wildes Tier. Sich selbst in die Stimmung des Psychos zu bringen, kann sehr hilfreich sein, weil es der eigenen Erregung entspricht. Du nimmst dich selbst als gefährlich und unberechenbar wahr. Die Rolle des Psychos lässt sehr viel Interpretationsfreiheit zu. Du musst nur so „verrückt" und unberechenbar wie möglich wirken.

Gese (50)

Entweder Opfer oder Täter

Ich bin Skinhead. Bin ich schon, seit ich 13 bin.
Anfang der Achtziger Jahre hat das angefangen, da
haben wir uns am Ku'damm getroffen. Ne große
Gruppe. Dann sind wir rumgezogen und haben nen
Affen gemacht. Touris erschreckt. Mitten in Berlin.
Wir haben gesoffen, getanzt, uns geprügelt. Skinheads
waren damals unpolitisch. Gegen Migranten hatten
wir nichts. Wir hörten Schwarze Musik, Laurel Atkin
war für uns der erste Skinhead. Wir mochten einfach
keinen, der uns blöd kam. Vor allem hatten wir was
gegen Popper und Punks. Da ging es schon heftig
zur Sache. Meine Nase wurde mir neunmal gebrochen.
Für normale Leute ist das schwer zu verstehen, dass
jemand Lust darauf hat, sich zu prügeln. Aber wenn
das zu Hause normal ist, Gewalt, dann brauchst du
erst ne Weile, das in Frage zu stellen. Manche schaffen
das nie. Ich erinnere mich, wie ich einmal in den Kin-
dergarten gekommen bin, mit Peitschenstriemen auf
dem Rücken. Da ist dann auch die Polizei gekommen.
Aber das war ja damals Usus, dass man seine Kinder

züchtigt. Die haben meinem besoffenen Asi-Vater nur gesagt: „Achtense mal drauf, dass keine Wunden entstehen". Nicht, dass sich dadurch was geändert hätte. Der hat sinnlos rumgeprügelt. Da war noch nicht mal irgendeine Logik dahinter, irgendwas mit Erziehung. Einfach nur drauf. Mit Hundeketten und allem. Naja, und da war ich eben nicht gerne zu Hause, sondern hab mich draußen rumgetrieben. Und draußen wollten wir nicht spielen. Wir wollten zuerst einmal keine Opfer mehr sein. Gerade wenn man sich so klein und mickrig fühlt, da ist das ein schönes Gefühl, wenn die Leute Angst vor dir haben. Auf einmal fühlt man sich existent. Nicht gedrückt und zusammengestaucht. Wenn ich sage, wir haben nen Affen gemacht, dann meine ich das auch so: Wir waren ne Horde. Im Hintergrund standen die Alphatiere, richtige Schränke. Die Kleinaffen wurden vorgeschickt und haben sich ein leichtes Opfer gesucht. Und dann gings los. Lieber sollen die Leute einen hassen als bemitleiden. Weil: Die, die man fürchtet, die sind groß. In der Phase denkt man, es gibt nur zwei Seiten: Entweder man ist Opfer oder man ist Täter. Das ist so ein Schwarz-Weiß-Ding. Da gibt es nichts in der Mitte. Und einen mit nem Kopfstoß niederzustrecken, da kann man sich ganz nebenbei ne Euphoriespritze holen. Das ist ein billiger Weg, Anerkennung zu bekommen. Danach kann man süchtig werden. Einmal sind wir mit lautem Gebrüll in ne Punker-

kneipe rein. Die lag zwischen Görlitzer Bahnhof und dem Schlesischen Tor. Und wir fühlten uns wie die harten Skins mit der dicken Hose. Haben drinnen rumgeschubst, ein paar Flaschen rumgeworfen, einen Stuhl gegen die Wand geschmettert. Ich hab gebrüllt: „Kommt raus! Dann kriegt ihr!". Die waren völlig vor den Kopf gestoßen und sind nur ausgewichen. Das hat uns schon gereicht. Wir sind dann weiter und haben uns gefühlt wie die Götter: Die trauen sich nicht. Die haben wir im Griff, die Pfeifen. Zurück am Görlitzer Bahnhof haben wir auf die Bahn gewartet und uns gegenseitig erzählt, wie toll wir sind.

Auf einmal hören wir einen Riesenlärm: Geschepper, Gebrüll und Gegröle. Wir gucken runter, was da los ist, da sehen wir 60 Punker die Treppen hochrennen. Mit Latten und Ketten. Das war eine Optik! Ne kleine Armee, wie im Film, mit Kriegsgeschrei. Wir waren sieben Jungs, und wir hatten drei Optionen. Ich habe die schlechteste gewählt. Zwei sind geblieben und haben Prügel bezogen. Aber die Bullen waren ganz schnell da. Das war nicht so schlimm. Vor Zeugen schlägt man weniger hart zu. Fünf von uns sind auf den Gleisen Richtung Bahnhof Schlesi gerannt. Drei sind durchgelaufen. Aber ich hatte gesehen, dass da welche von den Punks unten mitliefen. Ich und mein Kumpel, wir sind an nem Baum runtergeklettert. Da hielten wir uns für besonders schlau. Aber so klug war das nicht. Die haben uns nämlich gesehen und uns verfolgt. Wir beiden haben uns verloren. Ich bin über ne Mauer und noch über ne Mauer und die kamen hinterher, und zwar mit Schaum vor dem Mund. Und dann stand ich vor nem Riesenzaun, über den ich nicht rüber konnte. An einer Stelle, wo es keine Zeugen gab. Wir waren ganz alleine. Und da hab ich schon ne Eisenstange an den Schädel bekommen. Und dann ging es los. Immer wieder ganz harte Schläge, überall hin. Die waren richtig sauer und haben gedacht, sie haben jetzt die riesenbösen Fieslinge, denen sie es so richtig geben konnten. Für die war ich ein Schlechtmensch, auf den sie ihre ganze Wut auf die Welt niederprasseln lassen konnten. Konnten sich dabei richtig Zeit lassen. Ich hab nur das Gesicht geschützt, die Eier geschützt und gewartet. In dem Moment habe ich gedacht, jetzt geht's zu Ende. Ich hab's aber überlebt. Ich habe ewig gebraucht, um mich die paar hundert Meter nach Hause zu schleppen. Völlig fertig, alles voll mit Blut. Überall Beulen, Platzwunden, gebrochene Rippen. Und meiner Alten, der fiel nichts Anderes ein, als zu sagen: „Selber schuld!". Das war einer der Tage, wo ich am meisten Prügel bezogen habe. Mein Zeh ist immer noch kaputt.

Der brüllende Gorilla

Den idealen Kämpfer kenne ich aus der Serie „Kung Fu". Er ist leise und kontrolliert, kann aber jederzeit zum Nahkampfwunder werden. Im realen Leben können das nur diejenigen, die lange Jahre trainiert und viel Kampferfahrung haben. „Normale Menschen" müssen sich erst in einen Zustand bringen, der es ihnen erlaubt, die Extremsituation des sich Prügelns zu bewältigen. Viele tun das, indem sie andere anbrüllen. Das ist im Ernstfall eine sinnvolle Technik. Tierisches Brüllen kann helfen, den Gegner einzuschüchtern. Außerdem bringt es Körper und Geist in einen Zustand äußerster Erregung und Wachheit. Brüllen wie ein Gorilla (oder eine Hyäne) beschwört den mentalen Zustand herbei, der nötig ist, um zu kämpfen. Auch darum lehren verschiedene Kampfsportarten, beim Schlagen zu schreien. Gerade Menschen, die dazu neigen, aus Angst zu erstarren, hilft es, so laut zu werden, wie sie können.

Lars (34)

Da schlage ich lieber zuerst zu

Das war nachts in der Coburger Altstadt. Wir
waren gerade zu sechst auf dem Weg in die Kneipe.
An einer Ecke gegenüber vom Bäcker stießen wir
auf eine Gruppe Neonazis. Die hatten auch Naziflyer
dabei, zwei von denen hatten Vorstrafen, einer, so
ein ganz dicker mit Schnauzbart, wegen schwerer
Körperverletzung.
Aber das wussten wir in dem Moment noch nicht.
Die Situation war verwirrend, weil beide Gruppen
ineinander standen, also nicht gegenüber, in zwei
Fronten. Außerdem war das gelbe Laternenlicht so
düster, dass man Schwierigkeiten hatte, alles zu
erkennen. Aber als der Erste mich anschrie und mich
wegen meines Irokesenschnitts eine „Zecke" nannte,
war zumindest klar, dass das irgendwie Rechte waren.
So ein langer Dünner warf mir hart einen Packen
Flyer ins Gesicht. Gleich darauf kam einer von hinten
angerannt und hat mich umgerissen. Das stieß mir
alle Luft aus der Lunge. Dann trat mir auch noch
einer von der Seite gegen den Kopf. Zum Glück hat
er nicht richtig getroffen. Zuerst habe ich mich nicht

gewehrt. Zum einen wusste ich nicht, wo oben und unten ist, zum anderen dachte ich wohl, dass schon nichts passieren würde, wenn ich nicht zuschlage. Ich würde jedenfalls niemanden schlagen, der mir nichts tut. Aber das war natürlich Quatsch. Nazis sind nicht so. Wer einem, der am Boden liegt, ins Gesicht tritt, der hat keine Skrupel. Ich schaffte es dann, aufzustehen, während zwei von denen brüllten und an meinem Lieblingshemd herumzerrten. Das zerriss dann auch gleich. Was mich komischerweise immer noch aufregt.

Mir ist es heute peinlich, dass ich mich so schlecht gewehrt habe. Ich trieb damals schon seit zwei Jahren Kampfsport, aber geholfen hat mir das nicht. Als mir dann der Dicke mit der Faust ins Gesicht schlug, bin ich aufgewacht. Ich wehrte mich, schlug dem immer wieder links und rechts mit den Fäusten gegen den Kopf. Zwei meiner Freunde waren auch am Kloppen mit denen. Die anderen haben mit erschrockenen Gesichtern zugeguckt. Und die ganze Zeit wurde rumgebrüllt. So langsam kam ich aber in Fahrt und trat dem Dicken mit dem Spann in die Seite. Er krümmte sich zusammen und ich dachte, jetzt könnte ich ihm noch ein paar einschenken. Aber plötzlich war alles voll mit Polizeilicht und Sirenen. Ich hab die in der Aufregung gar nicht kommen hören. Der Dicke versuchte noch wegzurennen, aber er konnte nur watscheln. Das sah ganz lustig aus, wie der Polizist locker hinterherjoggte, um ihn zu fassen.

Später kam es zu einer Gerichtsverhandlung. Zwei von denen mussten Strafen zahlen. Das war ganz offensichtlich organisiert, auch wenn die Verteidiger das erst bestritten. Einer von ihnen hat in der Zelle ein Hakenkreuz an die Wand gemalt. Der Dicke wurde, auch wegen anderer Vergehen, härter bestraft. Nach diesem Vorfall habe ich mein Kampfsporttraining ernster genommen. Ich würde inzwischen auch lieber zuerst zuschlagen, zumindest bei Nazis, die ganz offensichtlich unterwegs sind, um Schwächere anzugreifen. Als kleiner Punker hab ich immer Angst vor denen gehabt, aber das kann ja nicht sein. Lieber haue ich die weg, zumindest die, die aktiv Minderheiten angreifen.

Aus dem Konzept bringen

In einigen Selbstverteidigungskursen wird das „aus dem Konzept bringen" gelehrt. Das Gegenüber sucht Streit, arbeitet sich mental in den Tunnelblick ein, baut die Wut auf den Gegner in sich auf. Und plötzlich erzählst du ihm vom den Hackbällchen bei Ikea oder von einer Folge der Serie „It's always sunny in Philadelphia". Das kann wirkungsvoll sein, weil es Lücken in die psychischen Tunnelwände schlagen kann. Außerdem könntest du so auch als Psycho durchgehen.

Fabian (27)

Ich lass mich doch nicht abstechen

Ich wohne schon seit fast fünfzehn Jahren in Südneukölln, und ich liebe es. Ich kann das Geschwätz immer gar nicht hören, von wegen „No-Go-Area" und so. Das ist Quatsch. Man kann da sehr gut leben. Deswegen ziehen auch alle hin.

Einmal habe ich aber etwas erlebt, das schlimm war. Ich war abends mit meiner Freundin unterwegs. Wir hatten noch was gegessen und waren auf dem Weg nach Hause. Als wir um die Ecke bogen, fielen mir gleich zwei Typen auf, bei denen ich ein ernsthaft schlechtes Gefühl hatte. Die lehnten mit dem Rücken an der Wand. Beide waren drahtig gebaut und sahen aus, als wären sie auf Heroin. Die hatten beide so einen fiesen Gesichtsausdruck. Ich dachte, denen macht es bestimmt Spaß, andere fertig zu machen. Ich nahm meine Freundin an die Hand und sagte ihr, „Lass uns einfach vorbeilaufen". Sie schaute nur ein wenig irritiert, runzelte die Stirn. Es war uns deutlich anzusehen, dass wir Schiss hatten.

Das hat die bestimmt auch noch gereizt. Wir waren schon fast an ihnen vorbei, da sagte der eine, für uns laut hörbar, zum anderen: „Pass mal auf, wie ich die Fotze klarmache." Das war schon ein Schlag in den Magen. Der Typ lief dann so schräg hinter uns und fing an uns zu belabern. Zu meiner Freundin sagte er: „Na du Fotze? Willst du mal richtig gefickt werden?" Eigentlich wollte ich ihn ignorieren, aber als er das sagte, sah ich kurz in seine Richtung. Ich glaube, ich wollte seinen Gesichtsausdruck sehen, den Ausdruck von jemandem, der so etwas Hässliches sagt. Er starrte mich im Gehen direkt an und grinste mit diebischem Spaß.

Wir gingen stur im selben Tempo weiter und ich zwang mich, wieder nach vorne zu gucken. Er lief nun ein bisschen neben mir her und sagte nichts. Dann: „Dein Freund hat Schiss, was? Willst Du nicht nen richtigen Mann?" Ich hasste den Typen so und meine Freundin war käsebleich, aber es war irgendwie klar, dass wir uns unbedingt zurückhalten mussten. Wir wollten die Straße überqueren, dann stellte er sich uns halb in den Weg. Er lachte etwas schrill und meinte zu ihr: „Ist dir das nicht peinlich, ein Freund, der dich nicht verteidigt?" Dann schaute er mich an. Ich sagte nichts. Was hätte ich tun sollen? Am liebsten hätte ich ihm den Kopf zu Brei geschlagen. Aber ich war starr. Meine Freundin drängte sich an ihm vorbei über die Straße und zog mich mit. Er rief uns nach: „Wie wär's: ich stech deinen Freund ab. Dann male ich dir mit seinem Blut ein Herz um den Bauchnabel.

Man, du bist doch so sexy." Das war so krass. Und ich konnte nichts tun. Dabei habe ich mich schon öfter geprügelt. Ich kann das schon, aber in dem Moment ging nichts.

Mit starrem Blick gingen wir weiter. Kurz dachte ich, es wäre vorbei, aber plötzlich lief er wieder neben uns. Er starrte mir mit seinem Psychogrinsen ins Gesicht. „Was bist du denn für ein Mann, Alter? Lässt es zu, dass einer so mit deiner Freundin redet." Und dann blieb er stehen, als hätte er seinen Punkt gemacht.

Sie fing an zu rennen, aber ich wollte dem Arschloch nicht auch noch diese Befriedigung geben. Vielleicht konnte ich auch nur nicht rennen. Das kann auch sein. Als ich zu Hause durch die Wohnungstür kam, stand ich erst mal nur da. Dann kam ich zu mir, und eine rasende Wut, ein richtiger Hass flammte auf. Meine Freundin erzählte mir später, dass ich ein ganz verzerrtes Gesicht hatte, während ich fluchend und schreiend nach irgendeiner Art Waffe suchte. Eine Eisenstange oder ein Messer oder so. Ich wollte sofort runter und den Wichser fertig machen, töten. Ganz üble Gewaltfantasien hatte ich, wie ich dem ne Stange in den Schädel ramme und so. Meine Freundin schrie mich aber an, ich solle das sofort lassen. Ich zickte noch ein wenig herum, ließ mich aber doch ziemlich schnell überzeugen. Vielleicht war mir auch klar, dass das nicht so abgelaufen wäre, wie ich es mir in diesem Moment wünschte.

Sie war danach monatelang ganz verstört, hat sich ein Pfefferspray gekauft und Wing Tsun, eine Art Kung Fu, angefangen. Jedes Mal, wenn wir jemanden gesehen haben, der nur ein bisschen unfreundlich aussah, mussten wir die Straßenseite wechseln. Mich hat das auch tierisch mitgenommen. Allerdings habe ich mir auch klargemacht, dass ich nichts tun würde, wenn es wieder passierte. Ich lass mich doch nicht abstechen. Den Typen hab ich später noch mal alleine gesehen. Er hat mich aber nicht erkannt und wollte mir Drogen verkaufen.

Selbstprogrammierung

Kämpfe entscheiden sich zum Großteil im Kopf.
Im Alltag ist es sehr wichtig, dass wir zweifeln und
uns in andere einfühlen, weil wir so Kommunika-
tionsfehler vermeiden können und uns menschlich
weiterentwickeln. Im Kampf schwächen uns Zweifel.
Kämpfen bedeutet, schnell und aggressiv zu handeln.
Wer zuschlägt, muss Schaden anrichten wollen. Zumindest so viel Schaden, dass der Gegner nicht mehr
kämpfen will oder kann. Ohne viel Kampferfahrung
ist das aber schwierig. Denn die meisten von uns
sind es (hoffentlich) gewohnt, Zweifel und Empathie
zuzulassen. Wenn dich jemand einschüchtern will,
und du intensiv darüber grübelst, ob er tatsächlich so
gefährlich ist, wie er tut, hast du schon verloren. Eine
Methode, die beispielsweise die britische Spezialein-
heit SRS anwendet, ist die Selbstprogrammierung.
Du stellst dir eine bestimmte Situation vor: Jemand
will dich angreifen. Und in Gedanken spielst du
dann durch, wie du dich verhalten wirst. Und diesen
Gedankengang wiederholst du immer und immer
wieder. Das hat den Effekt, dass Nervenbahnen ver-
knüpft werden und es dir dadurch viel leichter fällt,
tatsächlich so zu handeln. Es wird im Geist eingeübt.

Und da das Unterbewusste nicht zwischen Innen und Außen unterscheidet, ist das, als würdest du es wirklich erleben. Du stellst dir deine Unsicherheit vor, die du dann besiegst. Du erzeugst im Kopf den Tunnelblick, den du brauchst, um dich zu wehren. Den selben Sinn haben vielleicht die zur Hälfte erfundenen Geschichten, die Halbstarke gerne erzählen.

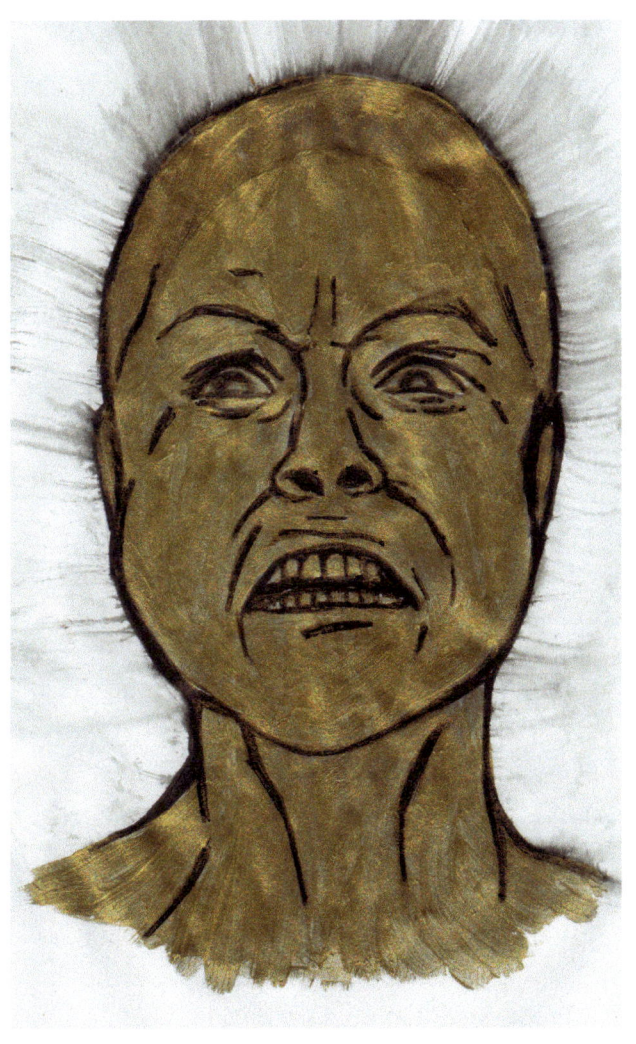

Lena (30)

Jetzt werde ich mich nie mehr schlagen lassen

Meine Mutter hat mich adoptiert. Inzwischen verstehen wir uns halbwegs. Meine Kindheit mit ihr war aber furchtbar. Die war immer nervös und überfordert und hat mich verprügelt. Mal mit dem Kochlöffel, mal mit der flachen Hand. Ich war oft grün und blau an den Armen und am Rücken. Das schlimmste Erlebnis mit ihr, da hat sie mich nicht geschlagen. Wir haben Nachrichten geguckt, ich war etwa sechs oder sieben Jahre alt. Ich sagte irgendwas Unschönes über arme Kinder, dass die keiner will oder so.
Sie regte sich darüber furchtbar auf und brüllte mich an. Dabei war ich nur ein Kind und habe eben Mist geredet. Sie hat mich dann, so wie ich war, ins Auto gezerrt. Ich hatte nur eine grüne Hose an und ein lila T-Shirt, daran erinnere ich mich. Dann sind wir in den Wald gefahren. Die sah furchtbar wütend aus, hat das ganze Gesicht zusammengekniffen. Dort holte sie mich aus dem Auto und zerrte mich am Arm durch die Pfützen, ein Stück rein in den Wald.

Sie sagte: „So, jetzt weißt du gleich, wie es armen Kindern geht", und hat mich dort alleine gelassen. Fast im Stechschritt ist sie zurück zum Auto gelaufen. Ich bin ihr nach, habe aber Abstand gehalten. Sie ist einfach losgefahren und hat mich dagelassen. Das war wirklich schrecklich. Ich fühlte mich wie ein Stück Scheiße. Zum Glück kannte ich den Weg zurück ein bisschen und konnte an der Straße entlang ein Stück nach Hause laufen. Nach einer Weile ist meine Mutter aber zurückgekommen und hat mich am Straßenrand eingesammelt.

Wie gesagt, dieses Erlebnis war schlimmer als die Schlägerei und das dauernde Geschrei, das ich meine ganze Kindheit lang mitmachen musste. Ein richtiger Bruch war das. Als ich älter war, etwa 14, waren wir zu Besuch bei Oma und Opa. Meine kleine Schwester war auch dabei. Sie ist sieben Jahre jünger. Da war dann wieder so ne ganz heftige Situation, wo meine Mutter meine Schwester total angeschrien hat. Sie hatte gerade die Hand erhoben und wollte zuhauen. Ich war damals schon ziemlich stark, weil ich Leistungssport betrieben habe. Ruckzuck habe ich mich frontal vor sie gestellt und sie aus voller Lunge angeschrien, dass sie damit aufhören soll. Als sie mich dann schlagen wollte, hat es bei mir ausgesetzt, ich habe sie am Arm gepackt und mit der Rechten immer wieder zugeschlagen. Mit der Faust gegen die Arme, die Brust, den Bauch. Meine Faust fühlte sich an, als

wäre sie aus Stein, ich schlug sie richtig zusammen.
Ein paar Mal schlug ich auch mit der flachen Hand.
Ich war so wahnsinnig wütend. Sie war danach fast
krankenhausreif, überall blaue Flecken, am ganzen
Oberkörper. Ins Gesicht habe ich aber nicht geschlagen, vielleicht, weil sie das selbst nie gemacht hat.
Während ich sie schlug ist bei ihr etwas passiert, das
ich von mir auch kenne: Dein ganzer Körper kommt
in einen Ohnmachtszustand. Du wehrst dich nicht
mehr, dein ganzer Körper wird steif. Wenn jemand so
lange auf dich eindrischt, passiert das, zumindest war
das bei mir so und bei meiner Mutter eben auch. Man
gibt einfach auf und lässt sich in das Unglück fallen,
lässt alles locker, obwohl der Körper steif ist.
Ich hab sie dann noch gegen die Tür geschmissen.
Das Gefühl dabei war ganz eigenartig. Einerseits
dachte ich, „Oh Gott, ich werde wie meine Mutter!",
und das zweite Gefühl war: „So! Jetzt werde ich mich
nie mehr schlagen lassen". Das war befreiend. Und
das behalte ich bis heute bei.
Ich lasse mich von niemandem unterdrücken oder
schlagen. Ich habe ein wahnsinniges Gerechtig-
keitsempfinden, und wenn sich jemand unfair oder
gemein verhält, dann macht mich das sehr wütend.
Wenn ich irgendwo sehe, dass beispielsweise ein klei-
nes Kind verdroschen wird, dann schaltet es bei mir
aus. Inzwischen habe ich wieder ein Verhältnis mit
meiner Mutter. Sie hat inzwischen eingesehen, was da

war, und ich verstehe sie sogar ein bisschen, weil ich jetzt auch ihre Geschichte kenne. Aber das bringt mir auch nicht allzu viel. So benimmt man sich nicht. So etwas einfach zu verzeihen, das geht nicht, und das muss man auch nicht. Aber ganz langsam wird es besser.

Die weiße Wut

Nur Soziopathen oder langwierig ausgebildete Kampfsportler können ohne die weiße Wut kämpfen. Mit ihr beschleunigt sich die Atmung, das Herz rast, die Pupillen weiten sich, dein Körper schüttet Adrenalin aus. Das kann als Augenblick großer Klarheit empfunden werden. Vielleicht werden darum auch einige süchtig danach. Die Zeit vergeht langsamer. Du fühlst dich wie ein Panzer, der gerade dabei ist, alles vor sich platt zu walzen. Die Klarheit entsteht dadurch, dass dein Denken auf das Allernötigste beschränkt ist.

Nicht kampfsportgeschulte Angreifer wiederholen funktionierende Angriffe immer wieder. Sie hauen beispielsweise immer wieder mit der rechten Faust zu, während die andere Hand den Gegner packt. Die weiße Wut wird auch als „rot sehen" und „der Tunnel" bezeichnet.

Houssam (44)

Die Stimme aus dem Inneren

Als die Mieten in Berlin noch erschwinglich waren, vor etwa zehn Jahren war das. Ich kam gerade von einem Freund, der am Frankfurter Tor wohnte und wollte zur U-Bahn. Wir hatten Schach gespielt und Bier getrunken. Ich musste grinsen, weil ich zum ersten (und letzten) Mal gewonnen hatte.

Da rief einer von schräg links hinten: „Hey, du Wichser mit dem Rucksack!". Das nervte mich natürlich. Ich drehte mich zur Stimme hin und wollte irgendwas zurückschnauzen, ihn ne Pfeife nennen, oder so. Das macht man so in Berlin, fand ich. Angst hatte ich keine. Ich trainierte seit ein paar Jahren Thaiboxen und dachte auch so nicht, dass so schnell etwas passieren würde. Dann schlug mich jemand von der anderen Seite ins Gesicht. Ich sah es nur blitzen und fand mich halb auf dem Boden kniend. Meine Brille hing mir von einem Ohr, was furchtbar erniedrigend ist. Ich rückte sie zurecht, um einen zu sehen, wie er auf mich zu rennt. Der versuchte, mir aus vollem Lauf gegen den Kopf zu treten. Als wäre er ein Elfmeterschütze und mein Kopf ein Fußball. Er streifte meinen Kopf aber nur, weil ich aus Reflex meine rechte Hand ausgestreckt hatte. Mein Geist hinkte dem, was passierte völlig hinterher.

Dass ich gerade überfallen und zusammengetreten wurde, realisierte ich nur dunkel. Immer noch auf einem Knie, sah ich um mich herum. Es waren mehrere junge Männer, die ganz hektisch herum hüpften, als würden sie sich durch das Hüpfen mit Energie aufladen. Niemand sonst war da. Eine Stimme, ganz tief in mir sprach zu mir. Sie klang wie in Zeitlupe, ganz tief und langsam. Sie sagte: „Steh auf! Das ist sehr gefährlich hier. Du musst aufstehen." Ich gehorchte und stand ohne viel Überzeugung auf. Nun konnte ich auch besser sehen. Sie waren zu fünft. Einer sah selbst ganz erschrocken aus und stand nur da. Die anderen hatten dieses komische Feixen im Gesicht, das man bekommt, wenn man sich gerade daran aufgeilt, gemein zu jemandem zu sein. Ihre Augen waren weit aufgerissen, und sie hüpften wie aggressive Kängurus im Kreis und ich im Zentrum. Immer mindestens einer hinter mir.

Meine innere Stimme sagte: „Schlag zu. Irgendeinen. Schlag ihm ins Gesicht." Ich suchte mir den aus, der direkt vor mir stand. Ich haute zu, ohne jede Technik. Weder drehte ich Hüfte noch die Faust ein, noch achtete ich auf das Gleichgewicht, wie ich es beim Training geübt hatte. Ich schloss einfach die Hand zur Faust und drückte sie ihm ins Gesicht. Und das half. Ich war kein Opfer mehr. Die Typen hüpften nun in etwas größerem Abstand, und beschimpften mich noch ein bisschen. Ich fragte den, der erschrocken guckte, was das eigentlich solle, und ob er mal seine Leute zurückholen könnte. Der glotzte aber nur mit großen Augen die anderen an. Aber der Bann war gebrochen und sie trauten sich nicht näher ran.

Als neben uns langsam zwei Leute näherkamen, rief einer der Typen etwas und sie stoben weg. Einer von ihnen lachte noch überdreht. Ich glaube, die beiden, die dazu kamen, standen da schon länger, hatten sich aber nicht getraut, einzugreifen. Jetzt kamen sie aber zu mir gelaufen. Einer hatte ein Handy in der Hand und meinte, die Polizei müsse gleich kommen und fragte, ob ich in Ordnung sei. Mir war das aber alles zu viel.

Ich bedankte mich bei den beiden und ging wieder zu meinem Schachfreund zurück, um mich bei einem Bier zu beruhigen. Zurück zum U-Bahnhof musste er mich eskortieren, mit einem Fahrradschloss in der Hand und zusammengekniffenem Mund. Wirklich passiert ist mir nichts, außer dass meine Brille schief war und ich etwa zwei Monate lang Angst hatte rauszugehen. Danach habe ich mein Trainingspensum erhöht. Das sollte mir auf jeden Fall nicht noch mal passieren. Ist es bisher zum Glück auch nicht.

Schlangenaugen

In Filmen und Serien sind besonders gefährliche Menschen oft leise und kontrolliert. Wie Schlangen zischeln sie dem Gegner zu, wie gefährlich sie sind. Wenn ein Anzug tragender Mafiosi in den „Sopranos" das tut, schüchtert das ein. Jemand, der sich erst zweimal im Leben geprügelt hat, wird weniger überzeugend wirken.

Wenn wir leise sind, sind wir mehr bei uns. Wir spüren auch unsere Ängste und Zweifel. Die Körpersäfte sind nicht in Wallung. Es ist schwierig, aus dieser Haltung heraus in einen kampfbereiten Zustand zu kommen. Dazu ist viel Vertrauen in die eigene Gefährlichkeit nötig. Der Körper muss trotz der äußeren Ruhe unter Spannung stehen. Die Aggression, die zum Kämpfen nötig ist, muss lodern.

Steffi (29)

Wenn reden nicht hilft

Schon in meiner Jugend musste ich mich oft wehren. Die Jungs in meiner Gegend bekamen mit den Teenagerhormonen den Drang uns Frauen an die Wäsche zu wollen. Auch später waren Männer oft aufdringlich. Einmal war ich mit einer Gruppe auf einer Nordseeinsel im Urlaub. Ein Teil von uns ist da zum Arbeiten hingezogen, und wir haben sie besucht. An einem sonnigen Tag saßen wir im Biergarten eines Pubs und hatten Spaß. Als ich dann aufs Klo gehen wollte, ging mir einer der anderen, den ich nicht so gut kannte, nach. Ein großer, schlaksiger Kerl, der eigentlich ganz nett zu sein schien. Ich dachte mir natürlich erst nichts dabei, der würde halt auch pinkeln müssen. Als ich gerade die Klotür abschließen wollte, reißt er die Tür auf, drängt sich rein und drückt mich zurück. Ich war für nen Moment völlig perplex. Der war ja anderthalb Köpfe größer als ich. Fast wäre ich eingefroren, aber dann hat es Klick gemacht und ich geh auf ihn los: Zweimal mit der Faust hart gegen seinen Brustkorb. Er hat dann die Arme um sich geschlungen und sich weggedreht. Dann stieß ich ihm noch mit dem Knie in die Nieren, riss die Tür auf und trat ihn so in den Hintern, dass er vornüber flog und auf den Knien landete. Dabei ließ er einen wimmernden Klagelaut von sich. Wir sagten beide kein Wort, ich knallte nur die Tür zu. Ich hörte ihn nur schnell rausgehen. Den hätte ich gar nicht so eingeschätzt. Wir haben dann auch nicht weiter darüber geredet, mir war das auch völlig Schnuppe. Ich glaube, ich war so ruhig, weil ich mich kompromisslos gewehrt habe. Ich hatte die Kontrolle. Dem hatte ichs gezeigt und ich war froh und glücklich damit. Ich habe auch später nicht mehr darüber nachgedacht. Keine Ahnung, wieso der dachte, er dürfte mit mir ins Klo. So ein Penner! Wir hatten überhaupt nicht miteinander geflirtet. Auf seinen Freund hatte ich es abgesehen, aber auf den überhaupt nicht. So etwas Ähnliches habe ich danach noch zweimal erlebt, dass Typen meinen, sie könnten sich zu mir ins Klo drängen. Das ist für mich unfassbar, was denken die sich denn? Ich bin doch kein Stück Fleisch. Inzwischen bin ich richtig darauf gepolt, sofort zu reagieren, wenn einer meine Grenzen nicht respektiert. Der fängt sich sofort eine. Das ist dann auch kein Schockmoment mehr. Ich weiß, ich höre mich gerade an, wie eine Gangsterbraut. Das bin ich wirklich nicht, ich studiere und bringe meinem Kind auch bei, dass man Probleme mit Worten und nicht mit den Fäusten löst. Aber bei diesem Thema geht das nicht. Manche Frauen denken ja, sie wären selbst schuld, weil sie nen zu kurzen Rock getragen haben, oder so. Ich hab das nicht mehr! Ich rechne damit und reagiere. Es nervt mich einfach zu sehr. In große Klubs oder zu Massenveranstaltungen gehe ich schon gar nicht mehr, weil ich mich nicht begrapschen lassen will, nur, weil irgendein Mann meint, dass eine Unterhaltung schon ne Einladung ist. Manche grabschen sogar im Vorbeigehen, als wäre ich ein Grapschautomat, der nichts kostet. Und die hören einem dann auch nicht zu, wenn man sie zur Rede stellt, machen noch Witze. Aber wenn Reden nichts hilft, was hat man denn sonst für eine Option? Ich bin doch kein Opfer.

Die Wutfratze

Menschen die sich prügeln, verzerren oft die Gesichter zu einer Fratze. Die Wutfratze ist sowohl ein Signal an dich selbst wie an den Gegner. Sie soll einschüchtern. Sie hilft dir aber auch, die Aggression zu entwickeln, die nötig ist, um einem anderen Menschen mit aller Kraft in Gesicht zu schlagen. Und um die Schläge des anderen auszuhalten. Auch wenn sie in der Regel nicht bewusst aufgesetzt wird, ist die Wutfratze ein kluges Mittel, das du instinktiv verwendest. Auch das bewusste Verzerren des Gesichtes kann helfen, in diesen Geisteszustand zu kommen.

Mücke (49)

Wie nihilistisch muss man sein?

Das hat bei mir mit einer französischen Bulldogge
angefangen, die mir quasi vor die Tür gekackt hat.
Das ist allerdings nicht das Haus, in dem ich wohne,
sondern eines, für das ich als Hausmeister arbeite.
In einer Partygegend im Berliner Neukölln. In dem
Haus sind ein Café, zwei kleine Klubs, eine Schreine-
rei und einige Künstler angesiedelt. Wir sind dort alle
befreundet, darum fühle ich mich vielleicht doppelt
verantwortlich dafür, was in und um das Haus herum
passiert. Außerdem muss vor dem Haus regelmäßig
Erbrochenes und Glasscherben entsorgen. Und dann
nervt es ganz schön, wenn dir ein Hund vor die Tür
kackt. Ich war gerade auf dem Weg zu einem Arzt-
termin, als ich die beiden Besitzer mit dem Hund auf
frischer Tat erwischte. Ich habe die beiden, die etwa
Anfang 20 waren, darum recht scharf angesprochen,
und gesagt, dass sie das gefälligst aufheben sollten.
Die beiden ignorierten mich zuerst. Der eine glotzte nur durch seine verspiegelte Sonnenbrille an mir
vorbei, der andere redete in sein Telefon, als wäre ich
gar nicht da. Die sahen auch nicht aus wie harte Stra-
ßenjungs. Sie hatten teure, ziemlich weiße Kleidung

an. Vielleicht waren die gerade in der Gegend, um sich ihre blütenweißen, neuen Turnschuhe zu kaufen. Ich baute mich vor die beiden und wiederholte meine Aufforderung. Der mit dem Handy nahm mich endlich zur Kenntnis und meinte in akzentfreiem Hochdeutsch, ob ich denn eine Tüte dabeihätte. Ich erklärte ihnen, dass sie die gefälligst selbst besorgen sollten. Der mit der Sonnenbrille nölte nur: „Haben wir nicht. Fick dich!". Sie drehten sich dann um und wollten losgehen. Ich hielt den mit der Sonnenbrille an der Schulter fest und erklärte, dass es jetzt Zeit sei, aufzuräumen. Er drehte sich mir zu, griente und sprühte mir Pfefferspray ins Gesicht. Die haben das vielleicht dabeigehabt, weil sie dachten, in Neukölln gehe es härter zu oder so. Das Pfefferspray in meinem Gesicht zog ganz schön. Allerdings esse ich gerne sehr, sehr scharf, darum nockte mich das keineswegs aus, sondern machte mich nur sauer. Also drängte ich auf die beiden zu, um sie zur Rede zu stellen. Damit hatten die nicht gerechnet. Sie schienen mich zum ersten Mal wirklich zu sehen. Damit die nicht schon wieder abhauten, packte ich den einen an seinem T-Shirt. Der drehte sich weg, das T-Shirt riss und ihm fiel seine wertvolle Sonnenbrille auf die Straße.
Wir standen für einen Moment still voreinander. Dann schlug er mir blitzschnell und scheinbar geübt mit der Faust rechts neben den Kehlkopf. Ich rang nach Luft. Wie überspannt und nihilistisch muss man

sein, um so zu reagieren? Ich bin schließlich kein gefährlicher Straßenschläger, sondern ein angegrauter Hausmeister, der gar nicht auf die Idee kommt, sich zu prügeln. So zuschlagen tut man doch, um jemanden kalt zu stellen. Allerdings realisierte ich auch dann noch nicht so richtig, was da gerade passierte und ging weiter vorwärts. Ich glaube, das irritierte die beiden ganz schön. Ich muss für die wie ein Wahnsinniger ausgesehen haben. Meine Stimme wurde kehlig und mein Gesicht war aufgequollen von dem Pfefferspray. Ich fragte sie, ob sie hier wohnten, und was das überhaupt solle. Und dann wiederholte ich meine Aufforderung, den Haufen aufzuheben. Wie gesagt, so richtig verstand ich wohl nicht, was da los war. Ich hatte nen richtigen Tunnelblick. Die beiden drehten sich wieder um und gingen ziemlich schnell weg. Ein paar Schritte bin ich noch mitgegangen, dann merkte ich aber, dass ich nun doch besser zum Arzt gehen sollte. Ich hatte keine bleibenden Schäden und meine Stimme war nach ein paar Tagen wieder normal. Aufgeregt haben mich die beiden trotzdem. Ich bin dann zur Polizei, hab mir die vielen hundert Verbrechervisagen angeschaut, die ungefähr auf die Beiden passen konnten, war mir aber nie sicher genug, dass es die richtigen waren. Die Polizei fand zwar gut, dass ich mich so um meine Gegend kümmere, riet mir aber, das nächste Mal nicht zuzufassen, womit sie wohl auch recht hatten. Gelohnt hat es sich nicht, den Haufen musste ich dann auch noch selbst aufheben. Aber zugucken werde ich das nächste Mal trotzdem nicht.

Der Suckerpunch

Der Suckerpunch ist ein hinterlistiger Angriff. Meistens wird er als wuchtig Faustschlag ins Gesicht geführt, auch verbunden mit einem großen Schritt oder Sprung nach vorne. Aber auch ein überraschender Tritt in die Lendengegend gilt als Sonderform des Suckerpunches. Besonders effektiv ist er, wenn er durch ein vorgetäuschtes Wegdrehen kaschiert wird. Dadurch wiegt sich der Gegner für einen Moment in Sicherheit. Durch die Körperdrehung bekommt der Schlag außerdem mehr Wucht. Der Suckerpunch wird auch als „coward punch", „king hit" oder „cold-cock" bezeichnet.

Alissa (37)

Nachricht überbracht

Schon als Kind habe ich mich hin und wieder geprügelt. Angst hatte ich damals wie heute wenig. Ich
war schon früher recht groß und durchsetzungsfähig,
und wenn ich wütend werde, fürchte ich mich nicht.
Wenn es sein muss, greife ich auch mal an. Als Kind
habe ich allerdings auch gebissen, das hat mir schon
damals ein schlechtes Gewissen gemacht. Es fühlte
sich zwar gut an, als ich einmal einem gleichaltrigen
Jungen meine Zähne tief in den Arm getrieben habe,
aber ich erinnere mich, wie ich dachte: Das kann
doch jetzt nicht sein, dass ich das tue! Ich habe nie
wieder gebissen. Ein anderes Mal habe ich mich auch
zu einem rituellen Kampf auf dem Schulhof verabre-
det. Richtig verprügelt wurde ich aber noch nie. Das
hätte meine heutige Selbstsicherheit bestimmt gestört.
Meine letzte Prügelei ist ein paar Jahre her. Ich ver-
brachte gerade meine Zeit in einem kleinen Klub in
Kreuzberg, den wir gemeinsam betreiben, ohne Geld
dabei zu verdienen; einfach, weil es eine gute Sache
ist. Und wenn man sich ehrenamtlich die Nächte um
die Ohren schlägt, Klos putzt und Gläser spült, dann
ist man recht empfindlich, wenn Leute sich respekt-

los verhalten. Es lief gerade eine Hiphop-Party, da besuchten uns ein paar weiße Mittelschichts-Jungs, die einen auf Gangster machten, mit Baseballcaps, teurer Kleidung und einem Blick von oben runter. Sie begannen dann, überall hin zu taggen, also ihren stilisierten Namen mit Edding auf Wände und Möbelstücke zu schreiben. Das ist ein bisschen, als würde dir einer in die Wohnung kacken. Wir haben sie dann hinausgebeten, was nach einigem Hin und Her auch gelang. Man merkte aber, dass die uns überhaupt nicht ernst genommen haben. Ich hatte schon so ne Wut aufgestaut und habe mich zu zwei Freundinnen auf das Sofa am Eingang gesetzt, um runter zu kommen. Eine Prügelei muss ja nicht unbedingt sein und versaut außerdem schnell die Party-Atmosphäre. Beim Hinausgehen grinste uns der Letzte noch schief an. Er war ziemlich groß und schlaksig, griff dann nach einem Vorsprung über der Tür, zog sich hoch und begann da Oben hin zu taggen. Direkt vor unseren Augen, als wollte er sagen: Ihr drei Mädchen, die ihr da sitzt, was wollt ihr mir schon tun?

Ich bin geplatzt. Bin aufgesprungen und stieß ihn mit beiden Händen nach vorne, während er da hing. Er flog zur Tür hinaus in den Hof, fast flach auf den Bauch. Ich erinnere mich, dass er laut „Hooo?" gerufen hat, als er flog, die Tonlage ging am Ende hoch, als wollte er mir eine Frage stellen. Damit hatte er wohl nicht gerechnet. Seine Basecap, die den Taggern oft total wichtig sind, so sagt man, flog dabei zur Seite. Ich bin ihm dann nachgesprungen und habe ihm zweimal mit der offenen Hand ins Gesicht gehauen. Ich wollte ihn eigentlich nicht verletzen, sondern etwas sagen, was er sonst nicht wissen wollte. Ich glaube nicht, dass es ihm sehr wehgetan hat, doch ich erinnere mich genau an seinen völlig schockierten und auch entsetzten Blick. Er ist dann wie ein Hase aufgesprungen und weggesprintet. Seine Mütze blieb da, die war dann meine Trophäe. Die anderen feierten mich wie eine Heldin. Das Sammeln von Taggermützen wurde danach zum Volkssport in unserem Klub. Nur ein Freund wurde wütend und sagte, ich wäre viel zu unvorsichtig. Es gäbe auch Leute mit Messern. Da hat er auch Recht, trotzdem glaube ich nicht, dass ich es in genau derselben Situation je anders machen würde. Es hat sich trotzdem gelohnt, denn: a) Es war sehr befriedigend. b) Die Nachricht ist angekommen, glaube ich.

Die überraschende Deeskalation

Die meisten Konflikte beruhen auf Missverständnissen. Jede Seite meint zurückzuschlagen. Idealerweise kommt es gar nicht zum Streit.

Im vollen Konflikt ist es aber für beide schwer, den Zorn loszulassen. Hier kann die überraschende Deeskalation helfen. Du gehst auf die Gegenseite zu, reichst ihr die Hand und zeigst, dass du ihre Perspektive verstehst. Idealerweise bietest du eine Möglichkeit, das Missverständnis aufzuklären. So brichst du den Kreislauf aus Vorwürfen. Auch eine Umarmung kann helfen. Wenn ihr aber schon kurz davor seid, euch zu prügeln, ist es dazu aber meist zu spät. Auch wird Weichheit von manchen als Schwäche ausgelegt. Die Deeskalation kann dann ganz schön schiefgehen. Darum ist es wichtig, den Rücken gerade zu machen, die Stimme klar und den Blick auf Augenhöhe zu halten. Aufeinander zugehen ist keine Schwäche.

Filip (44)

Du kannst es auch lassen

In dem Vorort von Melbourne, wo ich aufgewachsen bin, ging es rau zu. Ständig wurde ich bedrängt und beleidigt, meine Nase sei zu lang, ich zu kurz oder meine Stimme zu schräg. Und da habe ich mich eben gewehrt. Was hätte ich tun sollen? Ich kann sehr hart zuschlagen und hab das auch oft getan. Als ich 17 Jahre alt war, bin ich mit meinen Jungs zu einer großen Party, die etwa zweimal im Jahr in unserer Nachbarschaft stattfand. Es war spät in der Nacht, dunkel und laut und alle waren betrunken. Einer von uns hatte mit einem Typen, der „Bret" gerufen wurde, Streit angefangen. Ich dachte gleich, dass das nicht gut ausgehen würde, weil dieser Bret ziemlich groß und drahtig war und irgendjemand meinte, dass er Australian Football spiele. Was ja mehr oder weniger ein Kampfsport ist. Ich wollte aber nicht eingreifen, weil mein Kumpel ständig Streit suchte und wir ihn jedes Mal herausboxen mussten. Und das nervte. Wie erwartet bekam mein Kumpel ganz schön was ab. Der andere packte ihn mit einer Hand an der Jacke und schlug ihn mit der anderen mehrmals gegen den

Kopf. Das war übel, darum bin ich doch eingeschritten. Ich drängte mich zwischen die beiden, so dass keiner mehr zuschlagen konnte, und erklärte, dass nun genug sei. Dieser Bret war total aufgekratzt und hüpfte von einem Bein aufs andere. Ich denke, er war berauscht von seinem Erfolg gegen meinen Kumpel und fühlte sich nun unbesiegbar. Bestimmt hatte er auch irgendwas eingeschmissen. Jedenfalls machte er einen Schritt zurück, hob die Fäuste und rief mit überdrehter Stimme, ob ich der nächste sein wolle, der aufs Maul bekommt.

Wie gesagt, ich war damals wenig zimperlich. Also holte ich aus, sprang in ihn hinein und schlug ihm meine geballte Faust dermaßen gegen den Kopf, dass er nach hinten flog. Er landete flach auf dem Rücken. Ich konnte seinen Kopf trotz der Musik auf dem Boden aufprallen hören. Dann rührte er sich nicht mehr. Um uns herum johlten alle auf, in dieser hysterischen Begeisterung, die manche junge Männer befällt, wenn sie krasse Gewalt miterleben. Ein paar seiner Jungs kamen gleich an und kümmerten sich um ihn.

Einer davon rief, dass er nicht mehr atmen würde und jemand einen Krankenwagen holen soll. Das Gejohle hörte damit schnell auf. Mir ist alles Blut aus dem Herzen geflossen. Hatte ich jemanden getötet? Würde ich nun ins Gefängnis kommen? Ich dachte, alles ist nun vorbei. Es kamen zwei Sanitäter. Sie untersuchten ihn kurz und hoben ihn auf die Trage. Als sie die

anhoben, erwachte er. Aufrecht und mit ausgestreck-
ten Beinen setzte er sich auf, riss die Augen auf und
glotzte. Einen Moment lang stand alles still. Dann
sprang er von der Trage und rannte in die Nacht. Ich
war so erleichtert. Und lachen musste ich auch, weil
das so ein witziges Bild war.

In der Zeit darauf habe ich nicht oft an die Geschichte
gedacht. Es war ja nichts passiert. Ich habe zwischen-
durch auf Zypern bei meiner Schwester gelebt. Nach
etwa zehn Jahren bin ich wieder nach Melbourne
gezogen. Ich traf einige alte Freunde wieder und
machte ein paar neue. Einer davon trug den Spitz-
namen „Messy", wie der Fußballspieler. Ich mochte
ihn gerne und mochte auch seine Familie. An einem
Samstagvormittag war ich dort zu Besuch. Ich hielt
gerade sein Baby im Arm. Während wir uns unter-
hielten realisierten wir erstmals, dass er aus derselben
Gegend stammt wie ich. Das wunderte mich, weil
man sich dort zumindest lose kennt, wenn man im
gleichen Alter ist. Mindestens bei den besagten Partys
trafen sich alle Jugendlichen aus der Gegend. Messy
erzählte, dass er früher ein ganz schüchterner Junge
gewesen sei. Er ist darum auch nicht wirklich feiern
gegangen. Einmal sei er nur zu einer dieser Partys
gegangen. Um sich locker zu machen, habe er furchtbar viel getrunken und Pillen genommen. Und dann
sei er in eine Schlägerei gekommen und mit einem
Schlag fast getötet worden.

Danach traute er sich gar nicht mehr raus. Jahrelang nur, wenn es unbedingt sein musste. Feiern ist er nicht mehr gegangen. Als ich das hörte, wurde mir schlecht. Ich fragte ihn nach seinem richtigen Namen. Es war Bret, der Typ, den ich umgehauen hatte. Er sah völlig anders aus, als ich ihn in Erinnerung hatte. Und ein ganz lieber Typ war der. Ich verstand, dass ich ihm die Jugend geraubt hatte, die Chance tanzen zu gehen, zu trinken, zu feiern, zu flirten. Wegen mir konnte er nicht leben wie ein normaler junger Mann. Mir liefen die Tränen und ich eröffnete ihm, wer ich war. Währenddessen lag sein Baby in meinem Arm und schlief selig. Ich weiß nicht, wie glaubhaft es ist, aber es war so: Wir mussten beide weinen und ich entschuldigte mich wieder und wieder bei ihm. Ich erwachte richtig in die Erkenntnis, dass man es auch lassen kann. Man muss sich nicht schlagen. Es lohnt sich nicht. Heute macht mich der Gedanke an Gewalt krank. Vor allem die Gefahr, jemanden schwer zu verletzen, ist für mich nicht erträglich. Da lasse ich es lieber sein.

Der Dreschflegelangriff

Der Mythos des edlen Zweikampfes ist dieser: Zwei Gegner stehen voreinander und verhandeln mit den Fäusten, wer der oder die Bessere ist. Sie führen jeden Schlag einzeln. Danach umlauern sich beide Seiten bis zum nächsten Schlag.

In der Realität sind beide Seiten höchst erregt. Für feine Techniken ist keine Zeit. Es heißt alles oder nichts. Darum ist der Dreschflegelangriff viel üblicher als der edle Zweikampf. Der Angreifer schwingt die Fäuste wie einen Dreschflegel in einem Bogen zum Kopf des Gegners. Das Gewicht wird vollständig in den Schlag hineingelegt, der Körper kippt nach vorne, nach jedem Schlag folgt ein weiterer. Und das mitunter sehr schnell, bis jemand am Boden liegt. Einen Dreschflegelangriff abzuwehren, ist gar nicht so einfach, weil die Schläge unkontrolliert erfolgen und ihre Bahn schwer einzuschätzen ist. Die Blocks, die in vielen Kampfkünsten geübt werden, sind da mehr oder weniger wirkungslos. Ein natürlicher Reflex ist es, die Arme zur Abwehr hochzunehmen und sich nach hinten zu beugen. Damit ist aber dein Gleichgewicht gebrochen, du verlierst Übersicht und Kraft. Allerdings macht sich dein Gegner beim Dreschflegelangriff auch sehr angreifbar. Die Deckung ist völlig offen. Ein Dreschflegelangriff lässt sich nur durch einen heftigen Gegenangriff stoppen. Oder durch Wegrennen. Auch das ist ehrenvoll, weil es Vernunft beweist.

Kalli (36)

Dazu war ich dann doch zu stolz

Einmal habe ich selbst eine Prügelei angefangen. Ich hatte gerade Besuch aus meiner Heimatstadt und komischerweise hatten wir uns vorher sogar noch übers Prügeln unterhalten. Ich hatte den anderen gesagt, dass ich aggressiven Leuten unbedingt aus dem Weg gehen will. Weil das einfach zu gefährlich ist. Außerdem fühle ich mich nach Schlägereien immer scheiße. Ich sagte aber auch, dass ich mir gleichzeitig wünsche, dass solche Typen, die Streit suchen, endlich mal auf einen treffen, der es denen so richtig zeigt – der mal so richtig Gummi gibt und ihnen eine Lektion erteilt. Wir sind dann rausgegangen und haben uns in meinem Kiez in Nordfriedrichshain in nen Park auf eine Bank gesetzt. Gegenüber saßen zwei polnische Suffpunks: Richtige Fässer, groß, fertig und total aufgequollen. Die haben angefangen uns zu beschimpfen. Scheißstudenten seien wir, reiche Zugezogene. Zugezogen bin ich zwar, aber ich weiß nicht, wie die darauf kommen, wir wären reich. Wir haben erst nicht groß was gemacht und nur mit Worten zurückgeschossen. Die haben aber nicht aufgehört, haben dauernd rumgegrölt. Nach einer Weile hatte ich genug und stellte mich vor den einen hin und sagte, dass er jetzt mal Ruhe geben soll. Der ist gleich aufgestanden, mit so nem ganz stieren Blick. Ich hab ihn zurückgeschubst. Komisch, weil ich mir ja gerade noch vorgenommen hatte, so etwas zu vermeiden. Aber der kotzte mich so an, und ich glaube, ich wollte eben der sein, der ihm jetzt ne Lektion erteilt. Das Problem war nur, dass der viel schwerer und stärker war als ich. Aber total langsam. Entweder ist er halt so, oder er war nur furchtbar besoffen. Mit riesig ausholenden Schwingern versuchte er mir ins Gesicht zu schlagen, aber ich konnte fast immer ausweichen und habe dann selber zugeschlagen – und voll getroffen. Aber der war wie ein Zombie und ging einfach nicht zu Boden. Er kam immer wieder an und wurde nicht satt. Die anderen schauten alle nur zu, auch der andere Punk. Ich habe dann gedacht: Jetzt ist's auch mal gut und hab ihm immer wieder gesagt, er soll mal aufhören. Vielleicht hätte ich wegrennen sollen, aber dafür war ich dann doch zu stolz. Das Geprügele hat sich mit der Zeit zur Straße hin verschleppt. Dann beschloss ich aber, dass jetzt Schluss ist, und hab ihn mit nem Judogriff umgeworfen. Er wollte natürlich gleich wieder aufstehen, darum hab ich ihn getreten. Ein paar Male. Dafür schäme ich mich noch immer. Allerdings trat ich nicht gegen den Kopf, sondern irgendwo in die Körpermitte. Der sollte einfach aufhören. Wirklich wie ein Zombie! Dann kam aber zufälliger Weise eine Polizeistreife. Auf die hatten die Punks wohl auch keinen Bock und wir sind schließlich doch alle in verschiedene Richtungen abgehauen. Danach musste ich ins Krankenhaus, vor allem, weil ich mir den Fuß beim Treten verletzt hatte. Das war vielleicht die Strafe. Auch meine Fäuste waren lädiert. Den Leuten im Krankenhaus habe ich erst erzählt, dass ich hingefallen sei. Aber die haben nur gelacht und gefragt, wie ich mir denn beim Fallen solche Verletzungen zufügen könne. Hab's dann schlussendlich doch zugegeben, alles andere wäre auch albern gewesen.

Geschichten erzählen

Eine uralte Einschüchterungstechnik ist das Geschichten erzählen. Mir erzählte einer einmal, er habe im Krieg gekämpft. Im Kosovo. „Da habe ich gelernt, wie man Leute tötet. Am Anfang wars nicht so leicht, aber ich habs gelernt. Jetzt ist es nicht mehr so schwer. Bist du sicher, dass du Streit mit mir willst?", fragte er und lachte mir ins Gesicht. Ich dachte mir, dass seine Geschichte sicher nicht wahr sei. Aber sicher war ich mir nicht. In jedem Gesicht lässt sich etwas Gefährliches finden. Mir ist das Blut in den Adern gefroren. Ich wollte nur weg. Geschichten zu erzählen, um jemanden einzuschüchtern, ist eine wirkungsvolle Methode. Plötzlich ist einer bei der Russenmafia, oder er war schon im Knast. Geschichten gibt es viele. Auch hier schlüpft man selbst in die Rolle des unfassbar gefährlichen Mörders oder Schlägers. Eine sichere Methode ist das natürlich nicht. Wer geübt ist, durchschaut den Bluff, fordert den Erzähler heraus oder erzählt selbst eine gute Geschichte. Das Ganze kann durchaus unterhaltsam sein, zumindest, wenn man selbst nicht betroffen ist.

Eva (29)

Ein Verrückter reicht

Auf einem Konzert in Kreuzberg hatte ich eine Drag Queen kennengelernt. Sie hieß Joan. Ich bewunderte ihr purpurrotes Glitzerkleid und sie schien mich auch zu mögen. Wir gingen nach dem Konzert noch etwas trinken. Es war unter der Woche, darum war in der Nähe nur die Rote Rose offen: Eine düstere Eckkneipe, die rund um die Uhr offen hat, in der lauter zwielichte aber oft interessante Gestalten herumhängen. Ein paar Kreuzberger Jungs, die jeden Satz mit Digger beendeten, sprachen uns an und wir begannen gemeinsam Shots zu trinken und von der Sitzbank Koks zu ziehen. Den einen fand ich ziemlich nett, Hassan hieß der. Er warf beim Sprechen immer seine langen, lockigen Haare zur Seite und lachte viel. Die beiden schlugen vor, gemeinsam mit ihnen zu einem Kumpel zu gehen, wo noch gefeiert wurde. Es war gleich ums Eck und wir gingen mit. Dort wurden wir freundlich mit kaltem Weißwein in Küchengläsern empfangen. Joan saß mit Hassan und ein paar anderen am Küchentisch. Ich saß mit dem Gastgeber auf einem Ledersofa und wir zogen noch etwas Kokain. Auf dem Sofa konnte man nicht richtig sitzen, sondern nur halb liegen. Als der Typ und ich uns zurücklehnten, kam auch schon seine Hand angegrabbelt und legte sich auf mein Bein und grinste. Ich nahm ihm das nicht übel, wir waren ja in Feierstimmung, nahm nur seine Hand wortlos weg und zwinkerte ihm zu. Ich dachte, so hätte ich ihm klargemacht, dass ich keine Lust habe, ohne ihn zu beschämen. Aber er kam immer wieder an. Ich versuchte höflich zu bleiben, wurde aber langsam sauer. Als er mich beim vierten Versuch küssen wollte, stieß ich ihn hart von mir weg und schnauzte, dass er das mal lassen solle. Plötzlich legte sich eine dunkle Wolke über sein Gesicht, mit gepresster Stimme fragte er, was ich denn wolle. Ich sei hier, trinke seinen Wein, nehme seine Drogen und solle mich also nicht so anstellen. Ich musste lachen, weil das so ein bescheuertes Argument ist. Plötzlich packte er mich und nahm mich von hinten in den Schwitzkasten. Ich merkte in diesem Moment erst, dass es eine ziemlich blöde Idee war, zu einer Gruppe bekokster Männer, die ich nicht kenne, in die Wohnung zu gehen. In Berlin sind die meisten Leute nett, und ich hatte nicht auf dem Schirm, dass da was passieren könnte. Der Griff war total hart und Panik schoss in mir hoch. Aber ich versuchte, ruhig zu bleiben. Aus dem Schwitzkasten kam ich nicht raus. Joan unterhielt sich weiter. Später erzählte sie mir, dass sie dachte, wir würden einfach ein bisschen wilder spielen. So gut es eben in einem Schwitzkasten geht, rief ich Hassan zu, er solle sich mal um seinen Kumpel kümmern. Dass das gerade überhaupt nicht in Ordnung ist. Hassan und die anderen sprangen auch gleich auf und redeten auf den Idioten ein, der sich irgendwie in seiner Ehre gekränkt fühlte. Er ließ dann auch los. Als ich frei war, spürte ich erst, wie wütend mich diese Scheißaktion machte und fing an, den Typen zu beschimpfen. Keine gute Idee. Er haute mir sofort voll mit der Faust ins Gesicht. Ich flog filmreif hinten über und knallte auf den Rücken. Mich hat noch nie einer ernsthaft geschlagen. Dann bin ich ausgerastet, sprang auf, raste auf ihn los, aber die anderen hielten uns auseinander, stellten sich zwischen uns. Ich brüllte ihn an, dass ich ihm jetzt und hier die Eier rausreißen würde. Der hat mich nur mit dem Kinn nach vorne aus seinem schwitzigen Gesicht heraus angestarrt. Ich denke im Nachhinein, dass das ein gefährlicher Kerl war. Gottseidank waren die anderen da, redeten auch auf ihn ein, was er eigentlich will, und dass er ruhig bleiben solle. Joan schob sich dann vor mich und drückte mich mit ihrer ganzen Kraft hin zur Wohnungstür. Hassan kam auch gleich an, sammelte unsere Jacken und Mützen ein, gab sie uns, öffnete die Tür und ließ uns raus, während er sich mehrmals entschuldigte. Er wisse auch nicht, was mit dem los sei. Dann war es vorbei. Joan und ich gingen noch was trinken. Aus der Geschichte habe ich gelernt, dass man wirklich vorsichtig sein muss, mit wem man nach Hause geht. Meistens ist ja alles gut, aber ein einziger Verrückter reicht schon, und etwas Schreckliches passiert.

Der Aschenbecherwurf

Erbittert kämpfen heißt meistens unfair kämpfen.
Wenn es um die nackte Haut geht, tun die meisten
so gut wie alles, was wirkt. Wenn keine Waffen zur
Hand sind, kann wie in einem Western eine Handvoll
Dreck nützlich sein, die dem Gegner in die Augen
geworfen wird. Mit der weißen Wut werden Menschen
sehr kreativ. Kochendes Wasser ist eine höchst
gefährliche Waffe, eine abgebrochene Flasche, die
Spitze eines Regenschirmes, ein Stein, ein Stift, oder
ein wütend geworfener, steinerner Aschenbecher.

Paul (37)

Ein richtiger Vernichtungswille

Wenn ich Leuten meine Geschichte erzähle, glauben sie mir oft nicht. Ist vielleicht auch schwierig, sich in die Haut des Anderen einzufühlen, wenn man selbst nie annähernd Ähnliches erlebt hat. Ich muss vielleicht dazu sagen, dass Gewalt in unserer Familie normal war. Unsere Eltern haben uns oft geschlagen. Einmal haben sie mich sogar gemeinsam geprügelt, und mich danach in voller Kleidung unter die kalte Dusche gestellt. Was furchtbar erniedrigend war. Ich musste ständig in der Schule lügen. Das war schwierig, weil einem Lehrer die Geschichte, dass man gegen den Türrahmen gelaufen oder die Treppe heruntergefallen ist, nicht mehr glauben. Zumindest, wenn sie sich für einen interessieren. Manchmal haben sie uns auch bestraft, indem sie uns monatelang ignoriert haben. Solche Erfahrungen schweißen allerdings ganz schön zusammen, das ist das Gute daran. Mein Bruder und ich haben immer eisern zusammengehalten. Außer wenn wir uns gestritten haben, was auch oft vorkam. Als er mir erzählte, dass ein Typ, der einige Jahre älter war und anderthalb Köpfe größer, ihm die Nase gebrochen hatte, war für mich klar, dass ich da was machen muss. Wir haben ein paar Leute zusammengeholt und ihm aufgelauert. Wir wohnten alle im selben Stadtviertel in Bochum. Wir wussten also, wann er in etwa mit dem Schulbus ankommen würde. Da haben wir auf ihn gewartet, zu sechst. Als wir ihn hatten, das war an der Seite von nem kleinen Park ohne Bäume, erklärten wir ihm, dass mein Bruder ihm so lange ins Gesicht schlägt bis er genug hat, wenn er sich wehrte, würden wir ihn alle gemeinsam zusammenschlagen. Die ersten Schläge von meinem Bruder hat er ausgehalten, aber irgendwann wehrt sich dann jeder. Und dann sind wir alle auf ihn drauf. Ein paar Schläge gegen den Kopf, am Boden noch ein paar Tritte. Wir wollten ihn ja nicht fertigmachen, sondern ihm eine Lehre erteilen. Dass er die Aktion nicht einfach auf sich beruhen lassen würde, war mir klar. Ich hatte darum zukünftig zur Verteidigung immer eine Kette mit schwerem Vorhängeschloss dabei. Freitags bin ich immer zur Musikschule gegangen, und es war klar, dass die das wussten. Als ich das nächste Mal dort war, lauerten sie schon auf mich. Das waren sechs Typen. Richtig Angst hatte ich nicht, da es ohnehin kein Entkommen gab und ich wusste, dass ich nicht unverletzt aus der Nummer rauskommen würde. Es gab also kein Zurück. Die hätten mich sowieso irgendwann gefunden. Das Ganze ging ziemlich wortlos ab. Ich sagte, „wenn ihr es wissen wollt dann gehts jetzt ab". Die sind dann ein paar Schritte zurück, und haben aus dem Gebüsch Knüppel geholt, abgesägte Besenstiele. Ich hab mir gesagt: Vollgas jetzt! Die Kette habe ich über dem Kopf geschwungen und gleich dem ersten voll mit dem Schloss in die Fresse geschlagen. Das hat gewirkt. Drei von denen hatten dann Schiss und sind auf Abstand gegangen. Ich hab mir dann den Stärksten mit dem Arm um den Hals gegriffen und nicht mehr losgelassen. Der war mein Schutzschild. Den anderen sagte ich, dass er für jeden Schlag, den ich bekomme, zwei Schläge bekommt. Die Kette hatte ich um die Faust geschlungen. Ich hab ihm dann immer wieder mit aller Kraft ins Gesicht geschlagen. Die anderen haben mich auch erwischt. Aber so leicht ist das nicht, wenn man erst mal an jemandem vorbeikommen muss. Das Ganze war echt hart. Ich war unglaublich wütend, sah alles wie durch einen Tunnel. Ich wollte die nur noch fertigmachen. Ein richtiger Vernichtungswille. Und so habe ich auch zugeschlagen. Ich fühlte den Typen irgendwann absacken. Mir lief auch die Suppe am Hinterkopf den Nacken herunter. Zum Glück kam dann mein Gitarrenlehrer dazu und die Angreifer rannten weg. So was hatte ich vorher auch noch nicht erlebt. Meine Klamotten waren voller Blut. Der, den ich mit der Kette geschlagen hatte, sah übel aus: Überall war die Haut aufgeplatzt, am Mund, an den Augen. Der blieb dann auch ein paar Tage im Krankenhaus. Mir wurde eine Platzwunde am Kopf zugetackert. Dass

ich das Ganze bereue, kann ich nicht sagen. Ich hatte ja keine Wahl.

Etwa eine Woche später kamen die schon wieder an. Damit hatte ich nicht gerechnet. Ich saß auf ner Bank und habe geraucht. Der Boss, den wir an der Bushaltestelle eingemacht hatten, lief vorne. Die haben mir aber nur einen Waffenstillstand angeboten. „Jetzt ist Gleichstand", hieß es. Wir lassen euch in Ruhe, und ihr uns." Wir haben uns die Hand gegeben und danach ignoriert.

Mit dem Leben abschließen

Die meisten, die sagen, sie hätten nichts zu verlieren, erzählen Geschichten, um die Gegner zu beeindrucken. Wer das aber tatsächlich schafft: Mit dem Leben abzuschließen, also zu realisieren und es annehmen, dass man im nächsten Moment für immer gehen könnte, die oder der beeindruckt die Gegner bis ins Mark hinein. Lebensmüden Menschen fällt dieses abschließen viel leichter als denen, die das Leben lieben. Menschen, die keinen guten Grund zum Leben haben, aber eine Riesenwut im Bauch, sind gefährlich. Darum bewirken beispielsweise politische Maßnahmen, die Terrorismus bekämpfen sollen, und ausschließlich mit Brutalität und Druck arbeiten, langfristig das Gegenteil. Sie erzeugen lebensmüde Hasser.

Alex (31)

Das Schlimmste, was du einem Menschen antun kannst

Ich war ein schwieriges Kind. Ich bin in Friedrichs-
hain aufgewachsen und habe dort viel Scheiße gebaut.
Hab mich oft geprügelt und jede erreichbare Müll-
tonne angezündet. So richtig weiß ich nicht, warum
ich dauernd so wütend war. Ich bin zu Hause nicht
geschlagen worden oder so. Heute denke ich, dass es
an meinem riesigen Tatendrang lag, der keinen Raum
hatte. Das war wahnsinnig frustrierend. Es geht mir
nicht darum, mich damit zu entschuldigen. Es war
nur einfach so. Heute durchschaue ich das. Damals
sah ich nur meinen Zorn. Vielleicht lag es auch ein
bisschen an meinem damaligen einzigen Freund. Der
kam aus einer garstigen Familie. Unterschicht würde
man das heute nennen. Der Vater war ein Suffkopf
und hat die Mutter immer geschlagen. Dieser Freund
hat dauernd Ärger gehabt. Der war richtig daneben.
Aber wir hielten zusammen und haben uns in diesem
Drang nach Selbstbehauptung gegenseitig bestärkt.
Um es klarzustellen: Streit habe ich nie gesucht, aber
bin ihm auch nicht aus dem Weg gegangen. Wenn
andere mich unterdrückt haben, habe ich das hart
zurückgegeben. Ich habe mir die Macht zurückgeholt.

Erst bin ich auf den Streit eingegangen, weil ich eine Ungerechtigkeit nicht ertragen konnte. Irgendwann hat mich dann diese flammende Wut gepackt und geritten. Da hab ich rotgesehen. Wenn ich gewonnen habe, fühlte sich das gut an. Naja, „gut" ist nicht das richtige Wort, weil es sich gleichzeitig auch scheiße angefühlt hat. Ich kann es nicht beschreiben. Ein paarmal habe ich richtig auf die Fresse bekommen. Als ich zwölf Jahre alt war, sind wir nach Biesdorf Süd bei Berlin umgezogen. Da ist der Stress noch schlimmer geworden. Ich fühlte mich dort verloren. Manchmal befiel mich dieser Drang, andere zum Leiden zu bringen. Wenn ich daran denke, schäme ich mich noch heute. Und traurig macht es mich. Ich wusste schon, dass das falsch war. Aber fand nicht heraus. Wie wenn du dich verläufst und der richtige Weg einfach nicht da ist. Mein Umfeld kam darauf natürlich nicht klar. Gut hat mir das Karatetraining getan, das ich in Biesdorf angefangen hab. Dort konnte ich mich respektvoll mit anderen auseinandersetzen, meine Kräfte und meine Grenzen spüren. Das hört sich an wie ein Klischee, aber genau so war es. Wenn ich mich nicht benommen habe, hat mich mein Lehrer zur Seite genommen und mich die Boxpolster halten lassen, während er wie ein Bulldozer draufgetreten hat. Das hat mir ganz schön Respekt und auch ein bisschen Angst eingeflößt. Ich bekam ein Gefühl dafür, wie krass solche Schläge sein können, dass ich die selbst nicht einstecken will und anderen auch nicht zufügen. Ich glaube, jeder Mensch muss solche Erfahrungen machen. Das ist wichtig.

Einmal hatten wir einen Sporttag an der Schule. Das heißt, wir konnten verschiedene Sportarten ausprobieren und wurden nicht wirklich beaufsichtigt. Ich hatte Streit mit einem Jungen aus der Parallelklasse. Er und zwei seiner Kumpels hatten meine Sporttasche geklaut. Ich ließ mir das nicht gefallen und drängte ihn, mir die Tasche wiederzugeben. Dann kam es zur Rangelei. Ich fiel hin und er sprang mir auf den Rücken, haute mir mehrmals mit den Knöcheln auf den Kopf. Klock, klock, klock. Ich fand das wahnsinnig unfair und brannte lichterloh vor Wut. Erst klaut er mir mein Zeug und jetzt demütigt er mich noch. Ich zappelte wild und schlug um mich, bis ich ihn abwarf. Dann standen wir voreinander, die Fäuste oben. Mit dem Spann trat ich ihm mehrmals so hart ich konnte gegen die Seite. Ich dachte in dem Moment noch, wie gut ich die Karatetechniken gelernt hatte, wie flüssig die abliefen. Der dritte Tritt traf ihn voll am Brustbein. Er zuckte und fiel wie ein Sack um. Am Boden krampfte er herum. Das sah schrecklich aus. Ich starrte ihn nur mit riesengroßen Augen an. Diese Wirkung hatte ich nicht erwartet. Der Sportlehrer hatte inzwischen auch bemerkt, dass was los war. Er kam laut schimpfend in seiner blauen DDR-Trainingskleidung angerannt. Den Jungen musste er wiederbeleben. Ich weiß noch genau, wie bleich dabei sein Gesicht aussah. Um uns herum war ein Riesentrubel. Und ich stand nur da und starrte.

Der Junge hat überlebt. In der Umkleidekabine sagten einige der anderen, dass sie das Gleiche getan hätten. Von den allermeisten wurde ich aber von nun an geschnitten. Ich bekam den Namen „Kinderficker". Ein hässliches Wort, gerade wenn es von Kindern kommt. Es wurde herumerzählt, dass ich versucht hätte zu töten. Ich verstand die Welt und mich selbst nicht mehr. Das war schon vorher so, aber ab da sah ich gar nicht mehr durch. Ich habe viele Jahre gebraucht, bis ich zu mir gefunden habe. Ich denke heute, dass die Erwachsenen mit uns hätten reden sollen, uns zusammensetzen, oder so. Aber nichts Derartiges wurde getan. Ich bekam nur einen Tadel und die Erwachsenen behandelten mich, als wäre ich nicht mehr normal. Ich fühlte mich gebrandmarkt. Selbst meine Eltern vertrauten mir kein bisschen mehr, wollten auch nicht ein Wort von meiner Seite hören. Stattdessen sagten sie einem Mitschüler, er solle auf den Alex (also mich) aufpassen, dass der so was nicht wieder macht. Damit waren die Erwachsenen für mich gestorben. Es war ja klar, dass ich was falsch gemacht habe, aber die Geschichte hatte schließlich zwei Seiten und umbringen wollte ich ihn selbstverständlich nicht. Es stimmt, dass Gewalt ganz böse ausgehen kann, aber, wenn du nur beigebracht bekommst, dass es grundsätzlich böse ist, zuzuschlagen, und dass du dich niemals wehren darfst, was machst du dann in so einer Situation? Du bekommst doch nur beigebracht, dass du immer Opfer sein sollst. Ich finde, das Schlimmste, was du einem Menschen antun kannst, ist ihm die Möglichkeit zu nehmen, sich zu wehren.

Sich ausziehen

Manche Männer ziehen sich gerne aus, wenn sie sich prügeln. Zumindest der Oberkörper wird freigemacht. Es bringt einige Vorteile, obenherum nackt zu sein. Keiner kann einen festhalten und dann hauen. Niemand kann einem die eigene Jacke über die Schultern ziehen, so dass man bewegungsunfähig wird. Aber ich vermute, dass das Ausziehen eine eigentlich erotische Funktion hat. Sich zu prügeln kann sehr intensiv sein, Männer spüren mitunter große Nähe zu anderen Männern. Und da ist es doch ganz hilfreich, fast nackt zu sein, oder nicht?

Lutz (47)

Nur so ein bisschen wehtun

Ich wollte noch nie jemandem eine drücken. Das letzte Mal, als ich dem nahegekommen bin, war bei einem Konzert. Ein Typ verhielt sich an der Bar rüpelhaft. Er machte ständig ausschweifende Bewegungen beim Sprechen und stieß mich immer wieder in die Seite. Das hat mich schon genervt, und ich hab ihn mit der Hand weggeschoben. Der ist später noch die Treppe runtergefallen. Ein bisschen hat mich das gefreut. Wobei ich nicht wollte, dass er sich wirklich verletzt. Nur so ein bisschen wehtun. Ansonsten schaffe ich es immer, Streit aus dem Weg zu gehen. Wenn ich auf der Straße jemanden sehe, der Streit sucht, dann wechsele ich eben die Straßenseite. Wenn ich ausgehe, dann vermeide ich Orte, wo viele Arschlöcher sein könnten. Außerdem habe ich meistens Freunde dabei, da macht mich dann auch keiner an. Ich umgebe ich mich gerne mit friedlichen Menschen. Und wenn doch jemand Streit sucht, dann versuche ich, Abstand zu gewinnen. Mir ist es nicht peinlich, wegzurennen. Ich könnte mich auch gar nicht schlagen, da ich nur Haut und Knochen bin und diese Aggression gar nicht in mir habe. Mir ist aber klar, dass das nicht jeder so machen kann, dass ich da ein bisschen privilegiert bin. Ich verstehe auch Leute, die keine Lust haben, sich etwas gefallen zu lassen. Aber mein Ding ist das nicht.

Ich hätte das Gefühl, beschmutzt zu werden, wenn ich mich mit jemandem prügle. Wenn ein Schornsteinfeger und ein Müller sich prügeln, dann ist am Ende der Schornsteinfeger weiß und der Müller schwarz. Ich kann diese pazifistische Haltung nur empfehlen. Damit fahre ich sehr gut.

Houssam
Hamade

Houssam hat das Buch geschrieben. Er machte im zweiten Bildungsweg das Abitur nach, um an der *Humboldt Uni* Sozialwissenschaften zu studieren (also Politik und Soziologie. Nicht Sozialarbeit!) Er schreibt für verschiedene Zeitungen, unter anderem die *Zeit, Taz* und *Cicero.*

Während des Studiums betrieb er gemeinsam mit anderen einen profitlosen Klub. Er arbeitete außerdem als Türsteher und nahm an Kickboxwettkämpfen teil. Er ist manchmal etwas zart besaitet und denkt viel darüber nach, wie wir doch noch die Welt retten könnten.

„Sich Prügeln" ist sein erstes Buch.

Marie
Petri

Marie machte die Zeichnungen. Sie studierte Südasiatische Kunstgeschichte und Sozial- und Kulturanthropologie in Berlin, brach ab um ein Kunsthandwerk im ländlichen Brandenburg zu erlernen und schließlich als Feinwerkmechanikerin in ihrer Heimatstadt zu landen. Nach dieser Zeit des ziellosen Umherstreunerns, in der sie sehr gute, schräge und auch schlechte Erfahrungen sammeln durfte, wohnt sie heute mit ihrer Tochter unterm Dach eines Göttinger Miethauses, eingebettet zwischen Baumkronen, und unweit ihres kleinen Lieblingsclubs - und fühlt sich fast angekommen.

Prügeln musste Marie sich schon lange nicht mehr und das findet sie auch gut so.

Bibliografische Information der Deutschen Nationalbibliothek:
Die Deutsche Nationalbibliothek verzeichnet diese Publikation
in der Deutschen Nationalbibliografie; detaillierte bibliografische
Daten sind im Internet über dnb.dnb.de abrufbar.

© 2018 Houssam Hamade

Herstellung und Verlag: BoD – Books on Demand, Norderstedt

ISBN: 9783744831086